活佛情歌

原名：活佛情史

六世達賴喇嘛倉央嘉措的情詩與真史

ཨོཾ་མ་ཎི་པདྨེ་ཧཱུྃ༔

苗欣宇
馬輝 ◎著

序

從一首歌詞說開去

苗欣宇

一

1

那一夜，我聽了一宿梵唱，不為參悟，只為尋你的一絲氣息。
那一月，我轉過所有經輪，不為超度，只為觸摸你的指紋。
那一年，我磕長頭擁抱塵埃，不為朝佛，只為貼著你的溫暖。
那一世，我翻遍十萬大山，不為修來世，只為路中能與你相遇。
那一瞬，我飛升成仙，不為長生，只為保佑你平安喜樂。

2

那一天，閉目在經殿香霧中，驀然聽見你頌經中的真言。
那一月，我搖動所有的轉經筒，不為超度，只為觸摸你的指尖。
那一年，磕長頭匍匐在山路，不為覲見，只為貼著你的溫暖。
那一世，轉山轉水轉佛塔啊，不為修來生，只為途中與你相見。

3

那一刻，我升起風馬，不為祈福，只為守候你的到來。
那一日，我壘起瑪尼堆，不為修德，只為投下心湖的石子。
那一月，我搖動所有的經筒，不為超度，只為觸摸你的指尖。
那一年，我磕長頭在山路，不為覲見，只為貼著你的溫暖。
那一世，轉山不為輪迴，只為途中與你相見。

以上三段文字，是目前流傳比較廣的所謂「六世達賴喇嘛情歌」，或者叫「倉央嘉措情詩」。

倉央嘉措，這是個在大多數人的日常生活中很難出現的一個名字，這是個明顯帶有少數民族特徵的名字，是的，他是藏族人，他的身分是藏傳佛教格魯派的第六世達賴喇嘛，他的另一個身分是所謂的「詩人」。

無法不感謝以上三段文字的作者，沒有這幾段精緻優美的文字，我們很少有人會記住倉央嘉措這個名字。很有趣的一個現象業已存在，如果有人詢問其他歷世達賴喇嘛的名字，絕大多數人是無法說出的，而只有第六世，倉央嘉措，廣爲人知，就如同我們熟悉清朝歷代皇帝的年號，卻只不過僅僅能叫出玄燁、胤禛等少數幾個名字來一樣，若問咸豐、同治的名字，大半還是知者甚少。

所以，對以上三段文字的謝意，我們至少可以基於這一點——是它們的流傳，讓我們知道了倉央嘉措的存在，並與六世達賴喇嘛對號入座，並由此，讓我們對藏傳佛教產生了興趣，它的神秘，它的美麗，它的若隱若現的奇蹟，及由著這奇蹟生發的嚮往。

然而，也僅限如此，因爲，這三段文字跟倉央嘉措一點關係都沒有——嗯，話也不必說得這麼絕對，有一點點關係，那就是張冠李戴，它實實在在是個現代的漢族人寫的，卻被大多數人以爲是倉央嘉措的作品。

從三段文字的細微不同可以看出，它業已經過修飾，其原本，最早出現的形式不是詩集，更不是什麼倉央嘉措情歌集，而是一張叫做《央金瑪》的唱片。

所以，它是首歌詞，它的名字叫《信徒》。

在這張由朱哲琴與何訓田合作的唱片中，還出現了另一首歌，名字叫《六世達賴喇嘛情歌》。

第一次張冠李戴就這樣自然地發生了，「信徒」這個名字漸漸不被人知曉，而將其歌詞冠以「六世達賴喇嘛情歌」的題目，之後，題目成了作品屬性，就如同《道德經》與《老子》並存一樣。

而那首原名是《六世達賴喇嘛情歌》的歌詞，卻確實有倉央嘉措的身影，這首歌詞將其多首意味相近的詩歌整合在一起，並經過了刪改和添加，形成了一首與原作基本無關的歌詞。

第二次張冠李戴，則完全是在第一次文字誤會上的有意行爲，這次是一支在青年群體中較有影響的樂隊的重新演繹，它將朱哲琴的兩首歌——《信徒》與《六世達賴喇嘛情歌》融合在一起，並加入了另一首真正的詩歌，形成了一首新作，叫做《倉央嘉措情歌》。據說這種大雜燴的拼盤歌詞，也曾經由某位藏傳佛教年輕活佛演唱過。

於是，「那一天，那一月，那一年」，成爲了倉央嘉措詩歌中的一部分——雖然，倉央嘉措跟它沒有任何著作權與署名權的關係。

其實，如果仔細地比照《信徒》與業已被學界認定的「倉央嘉措情歌」，任何人都可以看得出來，它們的文字風格完全不一致，《信徒》的修辭之複雜、意境之優美、文字之洗練，在「倉央嘉措情歌」中完全找不到一丁點兒影子。

真正的「倉央嘉措情歌」，最早出版於一九三〇年，漢文版本的著作權爲我國藏學藏語研究的前輩于道泉先生，這本書版本名號爲「國立中央研究院歷史語言研究所單刊甲種之五」，書名《第六代達賴喇嘛倉央嘉措情歌》。

它開創了倉央嘉措詩歌漢譯的先河，此後，有一九三二年劉家駒本、一九三九年曾緘本和劉希武本等，而且，這幾個版本間，也有互相影響的痕跡，再其後的版本，幾乎都是以上版本的「潤色本」。

而在這些版本中，從來就沒出現過「那一天，那一月，那一年」。

但它的流傳確實太廣，讓人以訛傳訛，直至今天，可以預見的是，它還會誤傳下去。

二

一個更值得探討的問題是，倉央嘉措算不算一位詩人？做這個判斷，首先我們需要知道他寫過什麼詩，寫過多少首詩，而這些詩的品質如何。目前學界認爲他是寫過詩的，但寫了多少首，沒法認定。

對倉央嘉措詩歌數量做了詳細統計的，是我國藏族文學研究的開拓者佟錦華先生，他在《藏族文學研究》一書中曾提到：

「解放前即已流傳的拉薩藏式長條木刻本五十七首；于道泉教授一九三〇年的藏、漢、英對照本六十二節六十六首；解放後，西藏自治區文化局本六十六首；青海民族出版社一九八〇年本七十四首；北京民族出版社一九八一年本一百二十四首；還有一本四百四十多首的藏文手抄本，另有人說有一千多首，但沒見過本子。」

而上文提到的于道泉譯本、劉家駒譯本、曾緘譯本和劉希武譯本，在詩歌數目上根本無法統一，誰也說不清楚截至二十世紀三〇年代，民間流傳了多少首倉央嘉措詩歌。

而且，一個非常重要的問題是——所謂的數目，是漢譯過程中人爲劃分的！

事實上，早期譯者，比如于道泉，看到的似乎是一種可以連起來讀的、有二百三十七句的

「長詩」；他是根據對「長詩」在內容、意趣、風格上的評價，主觀地將「長詩」腰斬，分成了若干「節」。

任何人都可以看出這樣的問題，于道泉分節的辦法是不是合適，誰也不知道——我們可以更簡潔地說——在目前的情況下，不知道就意味著不合適。

那麼，倉央嘉措的詩有多少首，就不可能有任何人下結論，除非，找到于道泉漢譯本的原本，或者，找到其他譯者並與于道泉譯本不同的原本，進行文本比較。

事實上，學者們針對暫時認定的「倉央嘉措情歌」，從內容、主旨、表達方法等方面，一直在進行著考證和剖析，目前基本的結論是：一、不排除其中混雜有民歌；二、不排除其中有爲故意陷害倉央嘉措而僞造的「證據」；三、即使姑且認定爲是倉央嘉措「原筆」的詩歌，由於傳播過程的遺失、篡改、刪加，其「原意」是否果真如我們所理解，也未可定論；四、即使我們統統將這些詩認爲是「原筆」，其中的筆意矛盾，依然令學界疑竇重重。

這些疑點，簡單地說，就是作品差異太大，不應該是同一人所寫。曲高和寡的事情總會發生，如果直接引用學者「和尚罵禿驢」的結論，大多數讀者恐怕難以接受——但是，學術的事情，不可以混水摸魚，也絕不允許妥協——

你可以渲染，你可以誇張，你也可以迎合世俗，但是，事實不容忽視。

忽視，就是對事實的歪曲。

而這個事實就是，我們需要客觀地評價倉央嘉措是一個怎麼樣的詩人。

做出這種評價的基礎，不僅僅在詩歌數目上，而且，關乎詩歌的品質。

很簡單的邏輯推斷是：一位愛好寫詩、寫了很多詩的人，我們可以說他是詩歌愛好者，但不能武斷地判斷他是詩人，這還要評價他的詩歌成就。

引領倉央嘉措走上詩歌創作之路的，是一本叫做《詩鏡》的著作，在倉央嘉措的有關文獻中，記載了他從小學習這本書的經歷。

《詩鏡》最早是一部古印度的梵語作品，作者為檀丁，十三世紀初期，藏族學者貢嘎堅贊將其譯介到藏地，後來經過數代藏族學者的翻譯和重新創作，最終成為藏民族自己的重要美學理論著作。這部著作大致上可以分為詩的形體、修飾和克服詩病等三個基本內容，因此，它事實上也是一本詩歌創作指南，尤其在詩歌寫作方法的修辭學方面有極大的實用功能。可以說，它是藏族詩學體系的根，是奠定藏族詩歌創作技法與風格的源頭。

而由於這本書的譯介，使得藏族文學在詩歌領域產生了一次變革，在此前，藏族詩歌流行的是「道歌體」和「格言體」詩，受《詩鏡》的理論體系影響，在此後，形成了「年阿體」流派。

倉央嘉措為什麼要學習寫詩呢？是他的個人愛好嗎？他從小就想做一個詩人嗎？

不是的，這是傳統，也是藏傳佛教對僧人的要求，因為，它屬於佛家「五明」中的「聲明」，而且，在歷史上，對《詩鏡》進行解釋、注疏、評論的活佛，比倉央嘉措的學問大得不是一點半點，在他們面前，倉央嘉措如果自稱詩人，是會被笑掉大牙的。

在西藏的歷史上，活佛作詩，是再平常不過的事情，米拉日巴寫了五百多首詩，號稱「十萬道歌」，薩迦班智達的格言體詩歌，形成了《薩迦格言》，流傳之廣、影響之深，遠非倉央嘉措可以比肩，而宗喀巴、五世達賴喇嘛，都寫過詩歌，詩作水準也遠遠超過倉央嘉措，可從來沒有人認爲他們是詩人。

那麼，憑什麼認定僅僅寫了根本無法認定的七十首（左右）詩歌的倉央嘉措是詩人呢？

這要評價他的詩作的品質。

比如乾隆皇帝，一生有兩大愛好，一是題字，幾乎走到哪兒寫到哪兒；二是寫詩，據說一生寫了四萬多首，陸游加上楊萬里也比不上他一人。但是，嚴格來說，乾隆的書法水準和文學水準，談不上「名家」；而王勃詩作僅傳世八十餘首，但一句「海內存知己，天涯若比鄰」，就足以奠定他在中國詩壇上的地位。

倉央嘉措就是王勃一類的詩人，客觀地說，他的文學天分不高，他的作品不多，但是，他的貢獻大。這貢獻，就是他的創作實踐改變了藏族詩歌的文風。

前面說過，藏族詩歌有「道歌體」、「格言體」和「年阿體」，在倉央嘉措的時代，是比較盛行「年阿體」的，這種詩歌的文風，有點類似於我們漢族地區的「文人詩」，寫得很優美，而且像猜謎語一樣用典故、寫隱喻，這種文風肯定是上層人物和知識分子才能享受的，大多數沒有文化的普通勞動者根本沒有辦法使用。

而倉央嘉措的詩歌創作，平易近人，十分樸素，有點類似於民歌，這種文風是適於傳誦，也適於更多的人創作的，它的貢獻，就是將文藝從矯情的陽春白雪放歸到樸素自然，將少數人享用的所謂高貴藝術歸還給了自由創作的民間。

這才是倉央嘉措詩歌的意義，不管那七十首（左右）的詩歌是不是完全由他創作，也不管這些詩是不是在傳唱過程中經過民間「加工」，計較這些，只有學術價值，但不關藝術價值——而這，也正是我們出版這本詩集，並大膽地重新漢譯的心理支撐，把詩歌還給民間，讓它以藝術的名義存在。

三

但是，以藝術之名存在，其基礎是在歷史的基礎上對倉央嘉措的客觀評價，而且，由著這評價，不要再繼續歪曲其詩歌的內容。內容和藝術性，永遠不要混雜在一起。

確實要感謝這七十首（左右）詩歌，正是它們，讓我們對這位活佛產生了興趣，可一個顯而易見的事實是，絕大多數人的興趣不在詩人，不在詩歌的藝術，而在詩歌傳達的內容，或者說是他們希望理解的內容——情欲。

就好像很少有人沉下心來研究《釵頭鳳》的藝術性，但絕少不了有更多的人八卦陸游和唐婉的愛情一樣。

這才是這些詩歌流傳的真相，也才是《信徒》張冠李戴的真相——將一位地位尊崇的活佛與情欲聯繫起來，進而津津樂道，才是絕大多數人的真實心理，哪怕這種心理的基調是顛倒黑白。

所以，關於倉央嘉措的真實生平，是要有一個解釋的必要了，他是不是一個浪子，是不是半夜溜出去私會情人，直接關係到他們如何理解詩作中貌似「情欲」的內容。

在本書中，作者苗欣宇用解密的方式，對倉央嘉措的生平進行了梳理和評價，而另一位作者馬輝，用現代詩歌藝術的手法，對倉央嘉措的詩歌進行了重譯。

這些梳理與重譯的基礎，只能是歷史，只能是還原倉央嘉措作爲一位政教領袖的身分，只能是他的詩歌原本（姑且這麼說）傳達的內容、《詩鏡》以來的美學體系，以及現代詩歌發展至今形成的藝術理念。

而更顯而易見的是，在我們的倉央嘉措詩集中，沒有，而且永遠也不可能有《信徒》。

苗欣宇

目錄

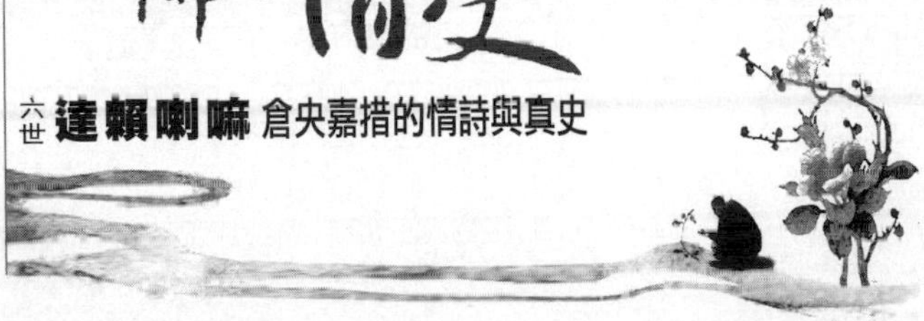

倉央嘉措詩歌新譯

倉央嘉措是神秘的。

倉央嘉措的詩是神秘的。

被傳頌的同時又被不斷地誤解。史上罕見其例。

倉央嘉措之所以被世人珍愛，不僅僅緣於他的六世達賴之尊位，更緣於他自身洋溢著活靈活現的「人性」。而這種「人性」恰恰在他的詩歌裏獲得了憂傷而又得體的表達。

作為一位極端渴望自由的詩人，同時卻掌握著至高無上的發言權，人們對他有誤解就似乎是必然的了。

不久，他便在某一句詩中消失了。

令世人心疼。

譯者根據倉央嘉措詩歌內容的暗示性與象徵性，經過慎重考慮，心安理得地將其詩的總體數量框定為七十首；分為地、水、火、風四輯。每輯中的每一首詩都有據可查。所謂四大皆空，業已被倉央嘉措的詩歌一句一句地清算完畢。

很多人都翻譯過倉央嘉措的詩歌，一覽無遺之際，譯者並未針對各家妄加臧否，只是在融會貫通之後別開生面。對於讀者而言，自然是仁者見仁，智者見智了。

A輯　地空

我被俗世隱瞞，轉身時又被自己撞倒。從莫須有的罪名起步，行色簡單，心術複雜。

這時，戀人們騰出最敏感的地方，供我痛心。而我獨坐須彌山巔，將萬里浮雲一眼看開。

1

好多年了
你一直在我的傷口中幽居
我放下過天地
卻從未放下過你
我生命中的千山萬水
任你一一告別
世間事
除了生死
哪一件事不是閒事

誰的隱私不被迴光返照

殉葬的花朵開合有度
菩提的果實奏響了空山
告訴我
你藏在落葉下的那些腳印

暗示著多少祭日
專供我在法外逍遙

2

少年的愛情
永遠不夠用
一杯酒足以了卻一件心事
為午後預設的獨木橋
在天亮前就被
一個女子夢斷了
漸悟也好
頓悟也罷
誰能說清
從刀刃上失蹤了多少情人

3

一個人在雪中彈琴

另一個人在雪中知音
我獨坐須彌山巔
將萬里浮雲一眼看開
此外
便是不敢錯過死期的眾生
他們紛紛用石頭減輕自己的重量
他們使盡一生的力氣撒了一次謊
僅僅撒了一次謊
雪就停了

雪地上閃耀著幾顆
前世的櫻桃

4

用多少美人和香草才能馴服一顆野心
馬蹄敲打著地獄的屋頂
大量的手段和智謀都棄置於荒野

一些人被另一些人用舊了
也只能在酒色中輝煌地度日
惟獨那個努力不幸的人
卻依然幸運地一步一步死去
而空門內外
誰又是誰呢
一想到這些
春苗就一直綠到我的枕畔

5

天氣先於我的心情而變化
災難比信譽
還突然
心一冷
所有的人都在一句咒語上打滑
我從莫須有的罪名起步
行色簡單

心術複雜
前程被充滿殺機的預言一誤再誤
惟有刻在骨頭上的經文
為我推脫世事
一眼望去，浮塵中的英雄個個落魄
鏡中的美女悄悄遲暮
我為了死　才一次又一次地活了下來
而其他的人卻隨處羞愧

6

我一走
山就空了
所有的鳥都朝著相反的方向偏激
我被俗世隱瞞
轉身時又被自己撞倒
從此言行曖昧
對自身毫無把握

而一再遭受目擊的人
大都死於口頭禪
有的甚至死於美德
當那條惟一的捷徑省略了朝拜者
我便在一滴花露中瞬間徹悟

7

先是在拉薩河兩岸遙相誤解
不久便在細節中彼此注釋
穿過一張張喪失了性別的面孔
來到群山中安息、修行
一粒無意間丟入土中的種子
無意間便轟動了高原
這時，戀人們騰出最敏感的地方
供我痛心
下雨了
很多人等著用雨傘辜負我

而我在接受捍衛的同時
內心也正在接受著雷劈

8

野花無法解放野蠻的盲人
野外的盲人任意盲目
用想像中的糧食度日是詩人的事
任何平頭百姓或王孫貴族誰都窮不起
如果落難　骨頭越賤越硬
人與人越愛越輕
死不瞑目的人就該睜著眼睛客觀
活得不像話的人就該豎起耳朵聽話
一想到人生沒老沒少
便去佛堂堅信沒大沒小
沒你沒我
想了想　一個好人
怎麼活都活不好

好了好了好了
見好就收

9

生來渴酒
那麼誰去造就寶劍
鋒芒中小人奮起
羞煞漫天雲霞
酒色、福田、功德
無法標價
互相用眼睛煮著對方
誰能把誰放下
走吧走吧走吧

孽緣　隨緣　緣緣不斷
白雲飄飄
一了百了

10

一粒種子毀滅了多少人的夢想
混戰時，好鋼與好人一起被用在刀刃上
話題與話題之間僅僅隔著一場夢
解夢者是風
嫩芽　飛絮　春秋輪迴
誰的寶劍能氣貫長虹
儘快地活著
清新的早晨懷揣詩歌超度草木
省悟後低頭認真回到廚房
一五一十地避免了一天的盛宴
誕辰之日從鐵腕延伸到劍鋒
飽受哀悼
……
到底誰配言歸正傳

11

坐在菩提樹下
我觀棋不語
前世
今世
來世
患得
患失

12

我用世間所有的路
倒退
從哪兒來回哪兒去　正如
月亮回到湖心
野鶴奔向閒雲
我步入你
然後

一場大雪便封住了所有人的嘴

13

那個女子
滿身都是洗也洗不盡的春色
眸子閃處，花花草草
笑口開時，山山水水
但那塊發光的松石＊
卻折射著她一生的因緣
她坐在自己的深處避邪
起來後再把那些誤解她的人白白錯過
一揮手
六塵境界到處都是她撒出的花種

＊松石是藏族人民最喜歡的一種寶石。在西藏有好多人相信最好的松石有辟邪護身的功用。

14

為了今生遇見你

我在前世
早已留有餘地
天一黑
家家丟人
那些任性的女孩
都在虎皮花紋中走散
那些不任性的高僧
都在頑強地舉例
而一場秋雨
卻篡改了
世上所有的鸚鵡和畫眉
忘我的我
在寒風中
舒舒服服地
坐失江山——
我不是我
誰又是我呢

15

用一朵蓮花商量我們的來世
再用一生的時間奔向對方

遊山歸來　世道人心已變了千年
門前的河流正在被陌生的民風歪曲

一個人徵用千千萬萬的人
反過來就遭到應徵者沒完沒了的慫恿
只好去野外獨立
並設法補救種種遺失的藉口

高原下，帝國依舊勇猛地科舉著各色人物
愛面子的人天天背叛鏡子
卻不敢輕易傷心
他們為了一己之利而尿急尿頻

從廁所中沾染了過多的不良風氣
……
你穿過世事朝我走來
邁出的每一步都留下了一座空城
這時，一支從來世射出的毒箭命定了我惟一的退路

B輯　水空

星光下，我準確無誤地匿名。晚飯後用拋出的石子胡亂地樹敵。風聲一緊，誰都拿不穩主意。叢林深處全是小道消息，草與鹽哪一種惡行更配鼓吹？

天下大事，無始無終。窺視我的人，轉眼便立地成佛。

1

徹悟後，便去水中撈月
沿途花事輕浮
謊話香豔
我在起點與終點之間兩全其美
卻無法禪定於一夜琴聲
直至悠悠的琴聲被暗香淹沒
我才剛剛趕到岸邊
片刻之間
已被一縷清風繡在水面

2

澡雪的夜晚人心清秀
遠處寒水輕舟　負心者夜夜盜汗
節日裏舉起酒杯準備絕望
不惜賠上所有的路也要挽回敗局
卻仍是情色蒼茫

一覺醒來，對著鏡子明辨是非
為不成立的君子改錯的人
不停地陷害自己
叢林深處全是小道消息
而世外的梅花一瓣一瓣地戀舊
落伍的戰將便開始用殘雪粉飾太平

3

眾生膜拜　膝下的每一寸黃金都是誤區
酒色暖洋洋
龍與虎之間人人折中
嗓子落滿了紅塵，江河在琴弦上走調
今生　來世
一句佛號便是過渡段
跑出視野的馬又回到了普遍的缺點上
草與鹽哪一種惡行更配鼓吹

現在，花朵與春天無關
除了享用
生命與死亡也毫不相干

4

一匹追趕春天的烈馬
不懂頓挫
順著那條魔道
一味脫韁
從草料
到湖面上的薄冰
從瘋狂地繼承
到奮力擺脫
所有的耳目一齊誇張
遠處
在溫泉中打盹兒的少女

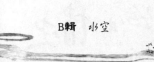

伸了伸懶腰

5

琴弦上的兵馬都退回了來世
觀世音依舊晝夜觀心
轉經筒更疊著一個又一個朝代
臣民們卻緊緊地團結在王者的寵愛中
從小恩小惠的深處不能自拔
於是，眾生失憶

離家出走的人渴望著被一場戰爭蠱惑
你是誰呀，誰又是你
我只能愛你一世
卻不能愛你一時
失敬
失敬

6

面向花園的北窗一開
逃禪的人又重新操琴
手勢流水聲聲
星空——一部沒有頁碼的字典
仍舊為富家小姐注音

一個人在樹下隱逸
等候另一個人沽酒歸來
而備受仰慕的女子
卻在一塊白雲上失足
處處都是水火之緣
風聲一緊
誰都拿不穩主意
從刀鋒上辨認色情
人人退步
任你在所有的路上膽寒

7

隨緣時，梵心靜如夜空
星光下，我準確無誤地匿名

愛我的人卻從我的掌紋上不停地失蹤
風塵中的俠女依然夜夜叫陣

人們去遠方只是為了緊緊地摟住自己
我只喜歡在笛聲中聞著野草的清香

沉默——苦不堪言
我喝水，替別人解渴

無力挽留閃電的浪子淪落為王
一粒青稞終於使眾生重獲寬恕

8

花開花落的聲音
讓蜜蜂去翻譯吧
一碗酥油茶
令我日日鮮明
離開寶座
去龍王潭散步
突然被記憶中的那雙蓮花眼盯疼
這種時刻不便多疑
便於美
便於回到一滴汗中閉關

9

百花美得一錯再錯
杜鵑聲聲
佛門外的女子紛紛被說破
一邊賞花

一邊護法
天下大事
無始無終
嘩的一聲
這一生
就淌光了

10

雄鷹飛剩下的天
容不下一隻小鳥
有情眾生不受任何語法的局限
詩人一哭　金豆子就劈哩啪啦地落滿遊僧的心缽
一世的承諾
使金剛鑽化成水銀
夢淺情深
蹚不過去的河留給來生
繁花錯落有序

我被一頁一頁地誤傷
而窺視我的人
轉眼便立地成佛

11

一念之差便落葉紛紛
天涼了，每滴淚都溫暖著諸佛
世間事舊得不能再舊了
卻依舊落花流水
我天高地闊地看著、想著，
卻不能轉過身去——
我走到哪裡
哪裡就是危險的春天

12

那條猛厲的狗
突然逃出了寓言

從此女人的嗓音
就失去了岸
當一隻錨
抓住了女人的心
誰會想到
地獄與天堂
竟然同時呈現於
女人的眉宇之間

13

工布*的少年步履繁榮
他在佛法與女色中無力精確
氾濫的形容詞使他心慌
每一步都模模糊糊
我從山中盡興而歸
途經失去了林蔭的絕路

三伏天，被一口枯井渴望
到了一定程度 我便失去了態度
僅憑一塊石頭
就回避了硬朗的教育

短期內
任何尾聲都不悅耳

*工布，西藏地名。

14

野獸背叛獵人的武器
人們為了民謠的韻律出馬迎敵
藝卓拉茉*與諾桑王*
在一場春夢中深藏不露
令我浪費了數不清的故事
卻仍然無法為她提供回歸的路線
我慈悲地執行著天地萬物

用一世的時光體諒時光
終究還是目空一切
阿彌陀佛

*藝卓拉茉，仙女名，意為「奪人心魄的仙女」。獵人和諾桑王是藏戲故事《諾桑王傳》裏的人物。

15

劊子手的品質在刀光中全面得逞
雨季過後　眾生持續縮水
少年們站在飄舞的布幡*下偽證風景
柳林中
水蛇腰彎了又彎
過早衰弱的腳步使前景曖昧
一個荒唐的哈欠便會動搖民心
左腳已經抬起
右腳卻懸而未落
晚飯後
用拋出的石子胡亂地樹敵

夜半掌燈供佛
入夢時卻又悄悄背誦落地的人頭
口齒中留著國色天香

太陽出來之前
人人都在武裝
*在西藏各處的屋頂和樹梢上都豎著許多印有梵、藏文咒語的布幡，藏族人認為可以借此祈福。

16

枕花而眠的少女
心事婉轉
醒後又嘩嘩地流暢
為了一個灼熱的眼神兒
而放棄了一次又一次盛開的機會
連自己的名字都丟在了我的夢中
我毫不寬容地接納別人的禮儀
饑餓與口渴使我難上加難

揀廢品一樣把說出的話收回來
是輪迴前人人必修的課程——
蓮花下，血比鐵硬

17

桃花剛落
我就知道我死得過於荒唐
哪一個祭日不配我復活呢

你有權崇拜我
但你無權擁抱我
大地山河輕得不堪承擔
每一滴淚都流向大海

沒有了有
有了沒有
沒有了有了沒有

有了沒有了有
如何把世上所有的路一次走完
我手捧銀碗
拉薩河被一位女子反覆斟酌

C輯　火空

這佛光閃閃的高原，三步兩步便是天堂。而我們該到什麼地方，像一個真正的英雄那樣去奮勇失敗？

擠進我左側的人善於自殺，從我右側溜掉的人勤於懷舊。誰越過珠峰，誰就有力氣親密地敵視我。

末法之季，一把匕首就能斷定一個王國。

1

順著一條看不見的路大踏步地反省
血緣錯失的風物無法光復
鐵與金剛響亮地回答著陰謀中霉變的骨頭
修行者只好接受一棵蘋果樹的定義
天氣一暖，我便用月光精心地哺育著敵人
生滿老繭的劊子手纖細而柔美
開始溫習母乳四溢的生命
果香貫徹經脈的那個不眠之夜
刀鋒冷淡，人們互相攙扶著逃出內心
隨即便在我的假設中五體投地
剩下的都是例外的人
他們傾向於酒色，並不斷翻越美人痣
挺進的過程反覆排毒
不要機會只要面子

他們先是各自揣測
不久便謀求攻略
竟不知劍鋒冰鎮了多少妖魔
心弦緊張，繃了又繃
一聲脆響，世事寸斷
從此我高枕青山
被一草一木日日決定

2

等到病灶上的病一熱再熱
夢中便葉落花飛
喉頭發癢，一咳又是片片殘紅
那麼多人在一個優點上累死
緊接著又有一些人被流水策劃
帛裂　弦斷　松竹梅再三地落魄
少男少女不屑於難解之結
只是在街頭互相體貼

被低估的決心
任意膨脹
從成熟到反省
需要多少次輪迴
被省略的一塊塊空地
哪一處才配被後人牢記
默默地走出自己的肌膚與骨血
掏心掏肺，以備來生獨享

3
在密林中遇到故人
用半生半熟的野果互相美化
比回避一個種族更艱澀
從一朵花到一座雪山
誰能越過六字真言

日出日落，男女老少總喜歡跑回家中偏食
挑肥揀瘦的富人無奈之下只能接受子孫的盤剝
卻依然暗藏血色
殺戮，遠遠滿足不了刀口

而一到緊要關頭月亮就彎思念就圓
一聲再見，柳色青青
逐漸模糊的背影
只夠償還欠給鄰家的敲門聲

4

心上的草
漸漸地枯了
心上的雜事、雜物……次第消失
我也隨之空下心來
這時，瑪吉阿瑪*的臉
浮現在我的心頭

而月亮正在攀過東山
不留任何因果
……
此刻，除了這無邊的寧靜
還有什麼值得我擁有呢

*原文中的「瑪吉阿瑪」一詞可分解如下：「瑪吉」直譯為「不是親生的」；「阿瑪」是「母親」的意思。全詞的意思就是「不是親生的那個母親」或「親生母親之外的母親」。

5
從容地進入仇人的夢中
需要開闢多少條邪路
緣來花開
緣去花落
一滴血足可以紅透高原
預期以外的骨頭傾向於剔刀
強盜誦經時總忍不住回頭早戀
而在雨雪交加的途中

沒人要求一位浪遊的詩人淪為帝王
精打細算地愛著
女人總是被時光推遲

6

人們有所保留地愛著我
而一遇到好處誰也停不下來
誰越過珠峰誰就有力氣親密地
敵視我
我已經習慣了被別人等待
在這個世上能夠把一個人愛死的
只有鸚鵡

7

一層薄夢
遮住了三生的豔陽天

末法之季
有人出發
有人回家
牛羊誤事
夢中草色新
我在節骨眼兒上站了站
佛在關鍵之處頓了頓
致使所有的女子一到拉薩
馬上就瘦得是是非非

每一次輪迴都山高水長
而他們卻在病痛以外
一律關懷自己
並且個個都不在話下

8

那位被一次盛宴超度的女子

滿懷春意
在佛法中輕輕地養心
她無意間抬頭看了我一眼
雪域高原便顫了顫
那一天
我豎起了為她祈福的寶幡
而無處不在的菩薩
卻一聲不吱

9
暮色中的群山
由我逐一坐穩
梵音
白雲
夢痕
靜修止
動修觀

止與觀之間
佛意綿綿
我在樹下夢遊
靈機一動
便是千年萬年

10

一個人需要隱藏
多少秘密
才能巧妙地
度過一生
這佛光閃閃的高原
三步兩步便是天堂
卻仍有那麼多人
因心事過重
而走不動

11

美人的笑容冶煉著金子
遍地野花隆重開放
一句佛號風平浪靜
完整的人生
靠多少愛來支撐
大海藏在一顆珍珠中
積累著偉大的海嘯
而我們該到什麼地方
避開那些俗欲誘發的愛
該到什麼地方
像一個真正的英雄那樣去奮勇失敗
除了自身
沒人為你提供任何失敗的機會
而八萬四千法門
向所有的人敞開

12

加持後
眼前的山水
全都綠了
將所有的人都看成一個人
這世上
就沒有什麼人
更令我珍視的了——
而那個人
正是我

13

情人丟了
只能去夢中尋找
蓮花開了
滿世界都是菩薩的微笑
天也無常

地也無常
回頭一望
佛便是我
我便是你

14

我夜裏出去的時候
那條老黃狗竟然躍過智慧與品質
鑽入最精要的法門
吠亂了群星
我早上回來的時候
那條老黃狗又回到了菩提樹下
用晨光清洗著殘夢
我剛一走近它
四周便響起了悠悠的梵歌

15

當時，他就是今天的我
任人誤解
當時，他就是昨天的你
任人誤會
當時，他就是明天的眾生
任人誤判
昨天，我們的果子熟了
佛祖笑了
世上所有的果核便裂了

16

樹下的男女倦於抒情
私生活卻迎風張揚
秘密地活著
是最溫暖的活法
一顆心與另一顆心一旦巧合
普天之下便惟我獨尊——

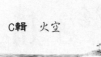

眼下，用詩情畫意如何通透風情
心血來潮的傍晚
一把匕首就能斷定一個王國
而無法更改的往事
已被明確於眾矢之的
淚水中
眾生懂得了如何用自己
醃製自己

17

心一熱
天就藍了
春草綠得大慈大悲
他與她
仔細地推敲著一杯喜酒
然後互相放下
在禪修中

被不曾存在的所有事實洞穿

18

在世外夜夜聽雪
才明白梅花不為任何人怒放

開悟後　那女子從她的美貌出發
路過諸佛　走向我
旁觀者心機深沉
對她沿途留下的後遺症一戒再戒
直到各自簡單、粗糙
暗暗苦行於她的掌控之中

現在　這世上除了我
沒人敢追憶她

19

用一條彎路完成半生的心事
險些被你牽掛
你的諾言正是
你為來生設下的圈套
擠進我左側的人善於自殺
從我右側溜掉的人勤於戀舊
只有輸光了所有技巧的人
才會去南山的松林裏靜靜地享福
兩山之間的獨木橋上
你手中的那枝野花掩映著你的前世
你身後卻有人左手持刀右手持花地等著我
一個人如果永遠活著，活著還有什麼意義

我從紅塵中率先早退
你卻在因果之間遲到

D輯　風空

紅塵中到處都是無辜的愛，男女老少連夜在自己的內心遇難。被詩歌埋沒了一生的人，騎著夢中那隻憂傷的豹子，冬天去人間大愛中取暖，夏天去佛法中乘涼。

喪鐘響了，人人都故意遲到。

1

經過我反覆吟詠
桃花終於紅了
林中的美人不堪扶持
薄醉後一心殉情
這時，前世的遺風吹開了所有的門戶
赤橙黃綠
孤男寡女紛紛好色
眼見眾生無端地空耗一世情緣
我只能放下心來
起身平步青雲
珠峰上的雪
掩飾著曾經不可一世的器官

2

月下溫酒、摔碗、磨飛刀
守夜待兔的人從懷舊到潦倒

沒浪費過一個國王
剩下的人在他的身旁淡淡地徘徊
而一道傷痕足夠他跋涉一生
那麼哪一粒糧食能夠使他亡命天涯呢

飽嘗歌頌的秋菊在眾生的喉頭枯萎
他感到骨頭正在風乾
他閉上了眼睛　黑暗中一張面孔藏滿了寶石
他摸了摸，然後試探著向前死去

3

一旦有人在初三的深夜玉碎
更多的人便會在十五的深夜瓦全
圓融無礙的月亮
藏匿了塵世間所有的聲音
眾人往往被一個人削弱
又被首領在情急之下措手不及

由夢中飛出的烏鴉便沒了分寸
迫使奴隸隨處犯錯
為廣泛的少女留下污點
我策馬巡視人間
與英雄們約定來生起義

4

無人繼承衣缽
道德越發昂貴
端出一張被暗算的臉
禮儀與雪山
茶杯中的風聲與牛骨上迅速融解的神話
說吧，道理比潑婦的嚎叫還簡單
去拉薩觀人觀俗
忽然掌握一脈血緣
芸芸眾生中我又不是誰呢
工匠整天叮叮噹噹地封建

那麼多人都成了精
一回家就爐火純青
人情遍地流淌
很多時候，很多人都會走錯門認錯人
並且錯認自己後代——
在父母面前人人都是過客
手一握，掌中都是針

5

一生都享用不完的山水
該由誰來參悟
浪子的路線總是迫在眉睫
未及反應的謀士精於嫌疑
卻無法從刀柄上謀得私利
誰坐江山誰就失戀
你來我往的過程美女迎風爛醉
她們體育兒女

一遇空閒就用十指搬弄是非
當她們妥協於熱烈的肉欲
遠方　為她們祈福的男人正在一絲一毫地死去

6
有人在一場華麗的病痛中繼續傷風
有人向著落日的餘暉迫切追悔
常常是不常常
不常常是常常
誕生
死亡
輪迴以外的殘山剩水無人收拾
我一著急
眾生就跟著上火
我只好站在法門旁
用詩句和梵歌為他們清熱
然後我毫無保留地被一朵蓮花接受

7

聖鳥迅猛地追逐著我剛剛說出的一句話
冰雪漸厚，世情漸薄
紅塵中到處都是無辜的愛
男女老少連夜在自己的內心遇難
人們不知道心中無事才是最要緊的事
致使一陣邪風就能吹歪他們的本性
在輪迴的路上
人人都將自食其果
而最後那一刻
一句謊言就能留住他們的私心

8

這麼靜
比誦經聲
還靜

我騎上我的白鹿
白鹿踏著
尚未落地的雪花
輕如幻影
本來是去遠山拾夢
卻驚醒了
夢中的你

9
夕陽印證著雪山無我的智慧
愛情與梵心同樣白得耀眼
離別後，晚風依然珍藏著她的誓言
誓言中的青草早已枯黃
沒有什麼遠近之分
世上最遠的也遠不過隔世之愛
再近也近不過自己與自己相鄰
此時，遠處隱隱傳來琵琶聲

那是她彈的
卻不是為我彈的

10

天與地
高與低
被區別的時候
人類無法不接受
蒼鷹的
貶低

11

每個人的隱痛
緣於用月光洩秘
互相思戀的眾生
只顧各自生銹
卻自然而然地拿出表情

令對方傾倒
世間事無人過問
越近的越遠
極目成仇
自己與自己重逢的時刻
只待無根的花朵繁榮得了無著落
阿彌陀佛

12

雪花把天空飄得很輕
輕如風中的愛情
被詩歌埋沒了一生的人
黎明前又重新回到了想像中
他在一首詩的結尾處停了停
就想到了布達拉宮
他只朝前邁了一步
就與積雪一同融化了

……
……
布達拉宮
四大皆空

13

那隻東印度的孔雀
來自於緣起正見
牠善於飛
卻不執著於飛
那隻工布深谷的鸚鵡
來自於出世的心願
牠善於說
卻不執著於說
內中玄機重重
鸚鵡不說
孔雀就更不說了

14

所有的病
都比野花豔麗
然而現在
草葉上鋪著一層霜
一層霜，一層傷
天地都荒了
我知道
不只是草
寒風中，花落了
蜂也散了
我知道
不只是一層霜，一層傷
還有死亡

15

我用雅魯藏布江
滔滔不絕地思念著她
我用聖山的祥雲
默默地證悟佛法
如果從一個地方出發
能同時到達兩個相反的地方
我將騎著我夢中那隻憂傷的豹子
冬天去人間大愛中取暖
夏天去佛法中乘涼

16

誰對勝利負有不可推卸的責任
誰就有資格早夭
餐桌上的食物
一旦經過通盤考慮
便背叛了餓漢的胃口
護法金剛

早已失去了恨的能力
……
喪鐘響了
人人都故意遲到
畏罪自愛的時節
落花已填平了深淵

17
一些女人躺在月下一邊衰老一邊失眠
更多的女人在花下虛榮
遠方守城的勇士早已固若金湯
白銀嘩嘩地重複著高原雪韻
喜瑪拉雅的風在剎那間
就使所有的植物紛紛感謝
就把所有的人吹成了我
從布達拉的上空，常常傳來雲彩飄蕩的聲音
一到這時，我就敏銳而哀傷——

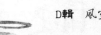

超度後，再怎麼努力也模仿不了自己

18

關緊門窗
在鏡子中度命
風寒不見好轉
回到後院
我燃起一生的落葉
文火煎藥
仍是痛定思痛
前塵越積越厚
心已傷到三寸
我轉身掩面
世上的果子
卻剛剛落實

19

偏安於濁世的人
心態肥潤
天天保留意見
斧劈與焚燒斷送了兩個階級
一忍再忍
白鶴憑空務虛
馱我去理塘*復習身世與陰謀
當所有的野花紛紛撲向一口古鐘
我的屍骨正在被一道彩虹表達——
死亡如此之香
比民謠還渺茫
曬一曬吧
雪山已退出了我的表情

*理塘是四川省甘孜藏族自治州一個地名。這一首詩被認為是詩人的預言，後來七世達賴生於理塘，作為預言的應驗。

倉央嘉措情歌（古本—曾緘譯）

其一

心頭影事幻重重，化作佳人絕代容，
恰似東山山上月，輕輕走出最高峰。

*此言倩影之來心上，如明月之出東山。

其二

轉眼苑枯便不同，昔日芳草化飛蓬，
饒君老去形骸在，變似南方竹節弓。

*藏南、布丹等地產良弓，以竹為之。

其三

意外娉婷忽見知，結成鴛侶慰相思，
此身似歷茫茫海，一顆驪珠乍得時。

其四

邂逅誰家一女郎，玉肌蘭氣郁芳香，
可憐璀璨松精石，不遇知音在路旁。

其五

名門嬌女態翩翩，閱盡傾城覺汝賢，
比似園林多少樹，枝頭一果騁鮮妍。

*以枝頭果狀伊人之美，頗為別致。

其六

一自魂銷那壁廂，至今寤寐不斷忘，
當時交臂還相失，此後思君空斷腸。

其七

我與伊人本一家，情緣雖盡莫咨嗟，
清明過了春歸去，幾見狂蜂戀落花。

其八

青女欲來天氣涼，蒹葭和露晚蒼蒼，
黃蜂散盡花飛盡，怨殺無情一夜霜。
*意謂拆散蜂與花者霜也。

其九

飛來野鶩戀叢蘆，能向蘆中小住無，
一事寒心留不得，層冰吹凍滿平湖。

其十

莫道無情渡口舟，舟中木馬解回頭，
不知負義兒家婿，尚解回頭一顧不。
*藏中渡船皆刻木為馬，其頭反顧。

其十一

遊戲拉薩十字街，偶逢商女共徘徊，
匆匆綰個同心結，擲地旋看已自開。

其十二

長干小生最可憐，為立祥幡傍柳邊，
樹底阿哥需護惜，莫教飛石到幡前。
*藏俗於屋前多豎經幡，用以祈福。此詩可謂君子之愛人也，因及於其屋之幡。

其十三

手寫瑤箋被雨淋，模糊點畫費探尋，
縱然滅卻書中字，難滅情人一片心。

其十四

小印圓匀黛色深，私鈐紙尾意沉吟，
煩君刻劃相思去，印入伊人一片心。
*藏人多用圓印，其色作黛綠。

其十五

細腰蜂語蜀葵花，何日高堂供曼遮。
但使依騎花背穩，請君馱上法王家。

*曼遮，佛前供養法也。

其十六

含情私詢意中人，莫要空門證法身。
卿果出家吾亦逝，入山和汝斷紅塵。

*此上二詩，於本分之為二，言雖出家，亦不相離。前詩葵花，比意中人，細腰蜂所以自況也。其意一貫，故前後共為一首。

其十七

至誠皈命喇嘛前，大道明明為我宣，
無奈此心狂未歇，歸來仍到那人邊。

其十八

入定修觀法眼開，乞求三寶降靈台，
觀中諸聖何曾見，不請情人卻自來。

其十九

靜時修止動修觀，歷歷情人掛眼前，
肯把此心移學道，即生成佛有何難。

*以上二詩亦為一首，於分為二。藏中佛法最重觀想，觀中之佛菩薩，名曰本尊，此謂觀中本尊不現，而情人反現也。昔見他本情歌二章，餘約其意為蝶戀花詞云：靜坐焚香觀法像，不見如來，鎮日空凝想。只有情人來眼上，亭亭鑄出嬌模樣。碧海無言波自蕩，金雁飛來，忽露驚疑狀。此事尋常君莫悵，微風皺作鱗鱗浪。前半闕所詠即此詩也。

其二十

醴泉甘露和流霞，不是尋常賣酒家，
空女當壚親賜飲，醉鄉開出吉祥花。

*空行女是諸佛眷屬，能福人。

其二十一

為豎幡幢誦梵經，欲憑道力感娉婷，
瓊筵果奉佳人召，知是前朝佛法靈。

其二十二

見齒微張笑靨開，雙眸閃電座中來，
無端覷看情郎面，不覺紅渦暈兩腮。

其二十三

情到濃時起致辭，可能長作玉交枝，
除非死後當分散，不遣生前有別離。

*前二句是問詞，後二句是答詞。

其二十四

曾慮多情損梵行，入山又恐別傾城，
世間安得雙全法，不負如來不負卿。

其二十五

絕似花蜂困網羅，奈他工布少年何，
圓成好夢才三日，又擬將身學佛陀。

*工布，藏地名。此女子詒所歡男子之辭。

其二十六

別後行蹤費我猜，可曾非議赴陽臺，
同行只有釵頭鳳，不解人前告密來。
*此疑所歡女子有外遇而致恨釵頭鳳之緘口無言也。原文為髻上松石，今以釵頭鳳代之。

其二十七

微笑知君欲誘誰，兩行玉齒露參差，
此時心意真相屬，可肯儂前舉誓詞。

其二十八

飛來一對野鴛鴦，撮合勞他貰酒娘，
但使有情成眷屬，不辭辛苦作慈航。
*拉薩酒家撮合曠男怨女，即以酒肆作女閭。

其二十九

密意難為父母陳，暗中私說與情人，
情人更向情人說，直到仇家聽得真。

其三十

膩婥仙人不易尋，前朝遇我忽成禽，
無端又被盧桑奪，一入侯門似海深。
*膩婥拉榮，譯言為奪人魂魄之神女。盧桑，人名，當時有力權貴也。藏人謂此詩有故事，未詳。

其三十一

明知寶物得來難，在手何曾作寶看，
直到一朝遺失後，每思奇痛徹心肝。

其三十二

深憐密愛誓終身，忽抱琵琶向別人，
自理愁腸磨病骨，為卿憔悴欲成塵。

其三十三

盜過佳人便失蹤，求神問卜冀重逢，
思量昔日天真處，只有依稀一夢中。

*此盜亦復風雅，唯難乎其為失主耳。

其三十四

少年浪跡愛章台，性命唯堪寄酒懷，
傳語當壚諸女伴，卿知不死定常來。

*一云：當壚女子未死日，杯中美酒無盡時，少年一身安所托，此間樂可常棲遲。此當壚女，當是倉央嘉措夜出便門私會之人。

其三十五

美人不是母胎生，應是桃李樹長成，
已恨桃花容易落，落花比汝尚多情。

*此以桃花易謝，比彼姝之情薄。

其三十六

生小從來識彼姝，問渠家世是狼無，
成堆血肉留難住，奔走荒山何所圖。

*此竟以狼況彼姝，惡其野性難馴。

其三十七

山頭野馬性難馴，機陷猶堪制彼身，
自嘆神通空俱足，不能調伏枕邊人。
*此又以野馬況之。

其三十八

羽毛零亂不成衣，深悔蒼鷹一怒非，
我為憂思自憔悴，哪能無損舊腰圍。
*鷹怒則損羽毛，人憂亦虧形容，此以比擬出之。

其三十九

浮雲內黑外邊黃，此是天寒欲雨霜，
班弟貌僧心是俗，明明末法到滄桑。
*班弟，教名，此藏中外道，故倉央嘉措斥之。

其四十

外雖解凍內偏凝，騎馬還防踏暗冰，
往訴不堪逢彼怒，美人心上有層冰。
*謂彼美外柔內剛，惴惴然常恐不當其意。

其四十一

弦望相看各有期，本來一體異盈虧，
腹中顧兔消磨盡，始是清光飽滿時。
*此與杜子美所卻月中桂，清光應更多同意，藏中學者，謂此詩以月比君子，兔比小人，信然。原文甚晦，疑其上下句有顛倒，余以意通之，譯如此。

其四十二

前月推移後月行，暫時分手不須哀，
吉祥白月行看近，又到佳期第二回。
*藏人依天竺俗，謂月滿為吉祥白月。

其四十三

須彌不動住中央，日月遊行繞四方，

各駕輕車投熟路，未須卻腳嘆迷陽。

*日月皆繞須彌，出佛經。

其四十四

新月才看一線明，氣吞碧落便橫行，
初三自詡清光滿，十五何來皓魄盈？

*譏小人得意便志得意滿。

其四十五

十地莊嚴住法王，誓言呵護有金剛，
神通大力智無敵，盡逐魔軍去八荒。

*此讚佛之詞。

其四十六

杜宇新從漢地來，無邊春色一時回，
還如意外情人至，使我心花頃刻開。

*藏地高寒，杜宇啼而後春至，此又以杜宇況其情人。

其四十七

不觀生滅與無常，但逐輪迴向死亡，
絕頂聰明矜世智，嘆他於此總茫茫。
*謂人不知佛法，不能觀死無常，雖智實愚。

其四十八

君看眾犬吠狺狺，飼以雛豚亦易馴，
只有家中雌老虎，愈溫存處愈生嗔。
*此又斥之為虎，且抑虎而揚犬，讀之可發一笑。

其四十九

抱慣嬌軀識重輕，就中難測是深情，
輸他一種觀星術，星斗彌天認得清。
*天上之繁星易測，而彼美之心難測，然既抱慣嬌軀識重輕矣，而必欲知其情之深淺，何哉？我欲知之，而彼偏不令我知之，而我彌欲知之，如是立言，是真能勘破痴兒女心事者，此詩可謂妙文，嘉措可謂快人。

其五十

鬱鬱南山樹草繁，還從幽處會嬋娟，
知情只有閒鸚鵡，莫向三叉路口言。
*此野合之詞。

其五十一

拉薩遊女漫如雲，瓊結佳話獨秀群，
我向此中求伴侶，最先屬意便為君。
*瓊結，地名，佳麗所自出。杜少陵詩云：燕趙休矜出佳麗，後宮不擬選才人。此適與之相反。

其五十二

龍鍾黃犬老多髭，鎮日司閽仗爾才，
莫道夜深吾出去，莫言破曉我歸來。
*此黃犬當是為倉央嘉措看守便門者。

其五十三

為尋情侶去匆匆，破曉歸來積雪中，
就裡機關誰識得，倉央嘉措布拉宮。
*以上二詩原本為一首，而于本分之。

其五十四

夜走拉薩逐綺羅，有名蕩子是汪波，
而今秘密渾無用，一路瓊瑤足跡多。
*此記更名宕桑汪波，遊戲酒家，踏雪留痕，為執事僧識破事。

其五十五

玉軟香溫被裹身，動人憐處是天真，
疑他別有機權在，巧為錢刀作笑顰。

其五十六

輕垂辮髮結冠纓，臨別叮嚀緩緩行，
不久與君須會合，暫時判袂莫傷情。
*倉央嘉措別傳言夜出，有假髮為世俗人裝，故有垂髮結纓之事。當是與所歡相訣之詞，而藏人則謂

是被拉藏汗逼走之預言。

其五十七

跨鶴高飛意壯哉，雲霄一羽雪皚皚，
此行莫恨天涯遠，咫尺理塘歸去來。

*七世達賴轉生理塘，藏人謂是倉央嘉措再世，即據此詩。

其五十八

死後遊魂地獄前，冥王業鏡正高懸，
一困階下成擒日，萬鬼同聲唱凱旋。

其五十九

卦箭分明中鵠來，箭頭顛倒落塵埃，
情人一見還成鵠，心箭如何挽得回？

*卦箭，卜巫之物，藏中喇嘛用以決疑者。此謂卦箭中鵠，有去無還，亦如此心馳逐情人，往而不返也。

其六十

孔雀多生印度東，嬌鸚工布產偏豐，
二禽相去當千里，同在拉薩一市中。

其六十一

行事曾叫眾口嘩，本來白璧有微瑕，
少年瑣碎零星步，曾到拉薩賣酒家。

其六十二

鳥對垂楊似有情，垂楊亦愛鳥輕盈，
若叫樹鳥長如此，伺隙蒼鷹哪得攖？

*雖兩情繾綣，而事機不密，亦足致敗，倉央嘉措於此似不遠噬臍之悔。

其六十三

結盡同心締盡緣，此生雖短意纏綿，
與卿再世相逢日，玉樹臨風一少年。

其六十四

吩咐林中解語鶯，辯才雖好且休鳴，
畫眉阿姐垂楊畔，我要聽她唱一聲。
*時必有以不入耳之言，強聒於倉央嘉措之前者。

其六十五

縱使龍魔逐我來，張牙舞爪欲為災，
眼前蘋果終須吃，大膽將它摘一枚。
*龍魔謂強暴，蘋果喻佳人，此大有見義不為無勇之慨。

其六十六

但曾相見便相知，相見何如不見時？
安得與君相訣絕，免教生死作相思。
*強作解脫語，愈解脫，愈纏綿，以此作結，悠然不盡。或云當移在三十九首後，則索然矣。

嘆他於此總茫茫

——一篇獨特的倉央嘉措傳記

1

一六八二年，在中國的歷史上是一個不起眼的年分，似乎沒有什麼大事發生在這一年。但在我國的西藏，它又確實是具有標誌意義的年分，因為，藏傳佛教格魯派第五世達賴喇嘛羅桑嘉措去世了。

這是一位非常偉大的人物，歷數迄今為止的歷代達賴喇嘛，無論政治貢獻還是宗教建樹，五世達賴喇嘛都可以當仁不讓地排在第一位。然而，這樣一位偉大人物去世的一六八二年，在當時的西藏，卻是非常普通、非常平靜——因為，他去世的消息，只有少數幾個人知道。

對外封鎖消息的是西藏地方政權的第巴桑傑嘉措。第巴是西藏實際上的政務執行官，如果說達賴喇嘛是政府領袖，那麼，第巴就像是總理王大臣或者攝政王大臣。

去世前，五世達賴喇嘛撫摸著桑傑嘉措的背，緩緩地道出了他最後的囑託，「我培養了你這麼多年，現在，把所有擔子都交給你了。我們還有幾件大事沒有完成，第一，布達拉宮還沒有修建完成，千萬不能停工；第二，蒙古人讓我操了一輩子的心，蒙古各部都想插手我們的事情，這些年我一直在限制他們，現在眼看有起色，絕不能功虧一簣；第三，我當年轉世而來的時候，就受到百般阻撓，現在，我的轉世靈童一定也會遇到這種情況，所以，不要讓他過早地與外人接觸，孩子太小，容易被人控制，最好先把他培養成人。這幾件事情，都要落在你的身上，而你還太年輕，我實在是擔心有人會與你爲難，我這樣打算，若我圓寂，消息暫時不要公開，只要外人不知道，你做起事來，就會順利得多。」

桑傑嘉措望著這位從小養育他、培養他的老人，不由得感激涕零，淚眼中他彷佛看到了這位老者長達半個世紀的勞碌身影，當他將一生所學完全交付給自己的時候，桑傑嘉措明白，這就是在託付後事。

桑傑嘉措更清楚的是，五世達賴喇嘛這段話實際上就是政治遺囑，它的核心內容，就在於蒙古人在西藏的勢力，而要清除蒙古政治勢力，首先要找到五世達賴喇嘛的轉世靈童，並將他培養成爲一位佛學精湛、意志堅剛的活佛。

可是，這位靈童，他在哪裡呢？

桑傑嘉措忙碌了起來，他對外宣稱，五世達賴喇嘛身體不好，而且，他正在閉關修行，凡是政教事務，都由自己代理。而在暗地裏，他秘密派出心腹，去尋找靈童。

一六八三年，一個孩子出生在西藏門隅鄔堅林寺附近的一戶農民家庭。據說，這個孩子出生的時候，天現種種異象，很多鄉鄰都說，這孩子一定不是個凡人。

鄉野之言很快傳到了桑傑嘉措的耳朵裏，他心中一驚，難道，這就是我要找的靈童？

一六八五年，他找來心腹曲吉和多巴，對他們說：「門隅地方有一個孩子，現在已經兩歲了，你們去瞭解一下。不過，你們此行目的不要讓外人知曉，路上若有人問，就隨便矇騙過去。」

曲吉和多巴來到那孩子家，卻發現這個小孩對他們的到來沒有表示出多大的熱情，好像並沒有什麼欣喜之情。於是，他們返回報告說：「孩子確實是像靈童，但也說不準，有些地方又很不像。」

桑傑嘉措心中躊躇，只好算了一卦，卦象顯示，必須讓孩子離開家鄉才能讓確認靈童的過程不被外人干擾。桑傑嘉措大喜，馬上命人將靈童一家從鄔堅林遷居夏沃的措那宗。

爲了繼續考察這個孩子，他又派了人，帶著五世達賴喇嘛的靈物和一些生活用品前往新居。這一次，孩子明顯與在家鄉時表現不同，他一見到有五世達賴喇嘛印章的東西，就十分高興地說：「這是我的。」

這可讓桑傑嘉措爲難了，他究竟是不是真正的轉世靈童呢？思忖了良久，桑傑嘉措決定，再派曲吉和多巴去考察一番。

這一次，曲吉和多巴又帶來許多五世達賴喇嘛用過的物品。上一次，他們只不過是瞭解了一些孩子的家庭情況，這一次，他們的任務是真正的「確認」。不過，因爲他們不能聲稱尋找五世達賴喇嘛的轉世靈童，所以，先對孩子的父母來個下馬威，說：「你們這樣的白癡怎麼會生出靈童？如果他是靈童，你們不是在詛咒我們的佛爺嗎？」之後，又教訓孩子，「你這小子，口口聲聲說你從布達拉而來，你都不知道，布達拉早就毀了！」

雖然話是這樣說，但在考察的過程中，他們還是大吃一驚，這個孩子對五世達賴喇嘛用過的器物，都能準確無誤地辨認出來，而且，他的很多生活習慣都和五世達賴喇嘛一模一樣。

這顯然就是五世達賴喇嘛的轉世靈童啊！從此，這個孩子的一切生活，都由曲吉、多巴和另外兩名侍從服侍，任何人都不能靠近，就連孩子的父母也不例外。

轉眼就到了一六八七年，在一年多時間的觀察中，曲吉和多巴更加確信，這孩子就是他們苦苦尋找的人。這時他已經四歲了，按常理，他應該接受教育，爲此，他們不但多次爲孩子的健康做法事，而且同時在色拉寺、哲蚌寺向文殊菩薩祈禱，祈望菩薩賦予他智慧，讓他對學習產生興趣。

一六八八年的三月，聽到曲吉和多巴的彙報，桑傑嘉措終於放下心來，百感交集的他，對著心中日夜想念的五世達賴喇嘛說，您的遺願，我會加緊完成的，我一定會給西藏人民培養出一個像您一樣偉大的領袖。

很快，桑傑嘉措下令，從布達拉宮定期往措那運送生活用品，吃穿用度，所有的一切都是最好、最新的。而他的心中也暗自決定，從這一年開始，靈童必須開始學習，老師就定爲一直看護他的曲吉。

這年的十月初一，像很多開蒙的孩子一樣，小靈童坐在曲吉的面前，由他上藏文第一課。

識字，在成年人看來是多麼簡單的一件事，可設身處地地爲剛接觸文字的孩子以及教這樣一位學生的老師來說，其中的困難可想而知。曲吉思忖著，藏文的三十個字母，會讀會寫怎麼也得幾天時間，哪怕孩子愚笨些，至多十天也該記熟。可是，藏文是一種拼音文字，只認識字母沒有實際用處，前後加字、拼讀成詞才是最難學習之處。

可是第一天就讓曲吉欣喜若狂了。對沒有經驗、第一次教懵懂學生的老師來說，最開心的莫過於這個孩子太聰明、教起來非常省事。眼前這位小靈童顯然就是天資聰穎的孩子，他很快就不滿足三十個字母的發音了，問：「我們平時說的話，就是這些字母？不對，它們是能組合起來的！」措手不及的曲吉怔怔地看了他一會兒，他實在沒想到本來打算半個月之後再講的加字方法，第一天就必須教給這個聰明的孩子。

兩年後，一六九〇年，得知孩子的學習進展後，桑傑嘉措決定，讓他開始佛教經典的學習。這一方面是小靈童到了接受正規宗教教育的年齡；另一方面，桑傑嘉措心裏清楚，自己身上的擔子太重了，此時他受到了一個前所未有的壓力，如果不加快速度將孩子培養成人，五世達賴喇嘛交給他的任務，恐怕就無法完成。

這個前所未有的壓力，是他的同學噶爾丹帶給他的。

多年未見，桑傑嘉措依然能回憶起那個大他很多的蒙古師兄。一六六〇年，桑傑嘉措八歲那年，被叔叔帶入布達拉宮。那時的五世達賴喇嘛正值壯年，身邊有處理不完的事情，可是每一次見到他，都慈祥地拉著他的手、撫摸著他的頭。八年之後，五世達賴喇嘛更是將他當作自己的孩子，親自教授他佛學、文學、天文、歷史等等知識，還經常將他帶在身邊。

也就是在這個期間，桑傑嘉措結識了五世達賴喇嘛的另一個徒弟——蒙古準噶爾汗的六公子噶爾丹。

噶爾丹是早就拜在五世達賴喇嘛門下的弟子，可是，他從來不好好學習佛學，而是喜歡舞槍弄棒。面對師父的嘆息，他還經常笑嘻嘻地說：「我生來就是做護法的。」

一六七一年，噶爾丹的家，也就是準噶爾汗家中出了變故。他的同母哥哥僧格接替父親做了大汗，可是因爲遺產問題，另兩個異母兄弟一直與他鬧矛盾，終於演變爲一場政變。

噶爾丹聽說後，來到五世達賴喇嘛面前，請求說：「師父，我現在想還俗，回到故鄉平息戰爭。」

五世達賴喇嘛沉思良久，緩緩地說：「好吧，你回去吧，不過，要記得不得殺害無辜，心中要常記得佛的教誨。」

就這樣，桑傑嘉措與相識了十年的師兄噶爾丹分別了。

其實他早就看出，噶爾丹與所有師兄弟都不同，他天生就不是一個能夠好好鑽研佛法的人，他身上的殺氣太重了。可是，桑傑嘉措也十分理解五世達賴喇嘛的良苦用心，讓噶爾丹回家，就是希望他能夠領導好準噶爾，日後，準噶爾就可以成爲格魯派的一個強大後援。

可桑傑嘉措沒想到，這個一直被他當作王牌放在手中、不肯輕易使用的噶爾丹，此時給他惹了很大的麻煩。

2

這位從小就不安分的師兄，一回到家鄉就迅速掌握了準噶爾的政權，不過，他可不會滿足於原有的地盤，很快就開始了無休止的四處擴張，起初，五世達賴喇嘛對他也是支持的，作為對師父的回報，噶爾丹也曾將一部分土地和人口劃歸到格魯派名下。

不過，此時噶爾丹的目光瞄準的是喀爾喀蒙古，他的大軍一路打到烏蘭布通。

讓桑傑嘉措想不到的是，喀爾喀蒙古早就在戰端開始之際歸順了清政府，此時噶爾丹打過去，不是明擺著和清政府過不去嗎？而且，烏蘭布通離北京那麼近，這樣耀武揚威，還不聽從清政府的調停，不是叛亂是什麼呢？

可這一切，桑傑嘉措都不清楚，他還多次上書給康熙皇帝，為噶爾丹求情。

也就是在這一年，盛怒之下的康熙皇帝親征，打得噶爾丹只帶了幾千人逃回新疆。

自己的師兄和盟友遭受如此大的打擊，桑傑嘉措感到喪氣，但他立刻清醒過來，馬上意識到必須加緊對靈童的教育，讓他快些成長，早日成人。

一六九〇年，桑傑嘉措精挑細選了幾位學問精深的高僧擔當靈童的經師，在當地的巴桑寺中，讓孩子正式學習佛法。靈童的學習進展讓桑傑嘉措很欣慰，第二年，他竟然可以親自寫信，彙報自己的學習情況了。

在靈童學習的課程中，有一本書是他非常喜歡的——《詩鏡》。這是古印度的一本文藝理論著作，講的是詩歌欣賞和創作技法，全書有六百五十六首詩。小靈童很奇怪為什麼在這麼多經文中，突然出現了這樣一本奇怪的書，他不由得問師父：「難道，這也是佛學嗎？」

「是啊，它也是佛學的一部分。」

「哦。」小靈童一時還轉不過彎兒來，想了一會兒，又問：「可是，書裏面一句佛法也沒有講啊。」

「佛學有『五明』，這是『聲明』的課程，『聲明』就是教人們寫作的學問，前輩大師們的著作這樣有文采，就是『聲明』學得好！您以後要向四方弘法，說的話、寫的文章要讓更多的人喜歡讀、讀得懂，要讓更多的人歡喜地領悟，這些，都是『聲明』的功勞啊。」

「嗯。」小靈童微微點頭，若有所思地說：「僧人就該這樣，不要只顧著自己讀經，首先要做一個利益四方的人。」

「沒錯！我們以後還要學習更多，比如醫方明，您的師父桑傑嘉措，可就是個醫學大師呢。」

「第巴是個醫學大師？那好，等我長大些，也要學些治病救人的學問。」

桑傑嘉措想不到，就是這本講解詩歌創作的書，給小靈童的一生造成了巨大的影響，使得他給後世留下了那麼多膾炙人口的詩歌；他更想不到，自己並沒有機會教導靈童學習醫學，因為，小靈童的秘密很快就保不住了，而他也很快走到了死亡的邊緣。

一六九六年，噶爾丹兵敗，康熙皇帝從戰俘的口中得知，五世達賴喇嘛竟然已經圓寂了十五年之久，而這一切，第巴桑傑嘉措從來就沒上奏過，而且還明目張膽地用五世達賴喇嘛的名義發號施令。

盛怒之下，康熙皇帝下旨嚴厲地訓斥了桑傑嘉措，在旨意中說，「如果再不據實上奏、陽奉陰違，就像平定噶爾丹一樣剷除了你。」

桑傑嘉措慌了，他連忙對康熙皇帝坦白，匿喪的事情是遵照五世達賴喇嘛的遺囑辦理的，靈童早已經找到，並一直在受正規的教育，但是占卜的結果是不便對外公開。鑒於現在的情況和最新一次占卜的結果，我們會立刻將靈童迎請到拉薩來，請皇帝陛下批准他坐床。

一六九七年四月，在措那居住了十年的小靈童，已經成長為十五歲的青年，此時，他要啓程到拉薩去，成為藏民的宗教領袖。

雖然他的身分馬上就要公開，但是為了安全考慮，桑傑嘉措只對一部分人說明了其中原委，等護送小靈童的隊伍走到浪卡子的時候，他們停住了。八月份，桑傑嘉措終於對全藏公開了五世達賴喇嘛已經圓寂、轉世靈童馬上就要迎請而來的消息。

可是，這位靈童與其他活佛不一樣，他已經十五歲了，一系列原本應該完成的宗教「手續」，一樣都沒有進行過，比如，他現在還沒有出家呢。很快，五世班禪大師受邀來到浪卡子，給靈童授了沙彌戒，並給他取了法名，叫倉央嘉措。

僅僅一個月後，倉央嘉措就在布達拉宮舉行了坐床典禮。康熙皇帝認可了桑傑嘉措的說法，沒有對靈童進行「考察」，而是很順利地給予冊封，並派章嘉國師親自出席坐床儀式，頒發冊文。

從此，這位秘密地在格魯派和桑傑嘉措保護下生活了十幾年的孩子，成為了西藏第六世達賴喇嘛。

因為此前教授他的老師，只不過是名義上的，此時，他的學習生涯中有了正式的師父五世班禪大師。

班禪大師給他上的「第一堂課」，傳授的內容並不是佛法，而是希望——他對倉央嘉措講述了五世達賴喇嘛一生的故事，最後對他說：「前世大師一生鞠躬盡瘁，作為轉世尊者，你也要像他一樣勤奮勤勉。」

倉央嘉措望著師父，重重地點了點頭。他突然發現，之前的老師只不過教會了他一些知識，而面前的這位真正的老師卻像父親一樣：他不是板著面孔嚴格教導的教書人，而是在他的心中開啓了一扇門，這扇門一打開，他彷彿看到了一條光明的大路——是啊，做人，就要做像前世那樣偉大的人。

從第二年開始，倉央嘉措開始學習更多的經典，他的老師都是各教派的著名學者，而他的第巴、精通多種學問的桑傑嘉措，也親自教他一些學問。

3

然而，第巴實在太忙了。作為格魯派甘丹頗章政權的實際領導人，他心中最清楚，此時的他需要做什麼。

那是五世達賴喇嘛的遺願，那是爲了西藏的長治久安而必須完成的任務，那是他想要送給倉央嘉措最厚重的禮物。

再過幾年，倉央嘉措成人後，他要獨立挑起宗教和政務兩方面的重擔，他哪裡負擔得起？所以，自己必須爲他創造好一切條件，讓他順順當當地親政，做一位萬人敬仰的活佛，這，才對得起五世達賴喇嘛的厚恩。

雖然此時自己內外交困，但是，看見這位健康、聰明的年輕人，桑傑嘉措實在不忍心讓他過早地參與政務，他十分清楚，這是一潭渾水，爲了別讓倉央嘉措惹上麻煩，爲了讓他好好地長大，哪怕前面是萬丈深淵，自己也得一個人跳下去。

而這，也是五世達賴喇嘛臨終前交給他的任務，他必須完成，不能拖到倉央嘉措成人之後，不能再給這一代活佛增添麻煩。

時間，真的不多了。

爲了完成這個任務，已經付出了兩代人的心血，五世達賴喇嘛做了幾十年，接力棒交給了桑傑嘉措，他又做了十幾年，眼看快有起色了，可惜，噶爾丹卻橫生枝節。

桑傑嘉措看著自己的學生，想到了當年五世達賴喇嘛對自己是如何悉心教誨的，他彷彿看到了十幾年來老人每一次對政教大事做決定時，都會問一問他的意見，如果他的辦法成熟穩妥，老人都欣慰地點頭。就這樣一次次地耐心栽培，十多年後，老人終於將自己的計畫合盤托出。

早在五世達賴喇嘛還年輕的時代，格魯派遇到了一次生死存亡的危機，當時，蒙古喀爾喀部的卻圖汗、噶瑪噶舉政權的藏巴汗和康區的白利土司結成同盟，立誓要消滅格魯派。五世達賴喇嘛默許了索南熱丹的建議，請來了蒙古和碩特部的固始汗，用武力剷除了敵對勢力。本來，他是想與和碩特部結成同盟，沒想到，和碩特蒙古人來到西藏後，便羈留在此，雖然幫助格魯派建立了甘丹頗章政權，卻處處把持大權。

這是顆一六四二年埋伏的定時炸彈，至此，已經長達五十年了。五世達賴喇嘛心中清楚，合作初期都是愉快的，但天下沒有不散的筵席，如果和碩特蒙古人與格魯派有一天失和，格魯派的命運還是操縱在蒙古人的手中。

桑傑嘉措理解五世達賴喇嘛的良苦用心，他一心培養、扶持噶爾丹，就是希望他的準噶爾部能夠成爲更遠、更強大的同盟軍。而在固始汗去世後，他又成功地將和碩特部分爲兩部，一部是留在西藏的勢力，是要緊密提防的，一部是留在青海的勢力，是要結成盟好的。當兩股勢力無法繼續合作的時候，就是格魯派安全的時候。

下一步棋，也是五世達賴喇嘛一直沒有走完的棋，就是將以前賦予和碩特部西藏勢力的大權，一點一點地收回到格魯派的手中。最關鍵的一點，就是第巴這個位高權重的職位，絕不能由蒙古人任命，更不能老邁昏聵、無所作爲，它只能由最有才幹也最爲忠心的人來擔任。

想到這裏，桑傑嘉措彷彿又聽到了五世達賴喇嘛的臨終囑託。他明白，老人當年苦口婆心地請求他擔任第巴，就是爲了在小靈童成人前穩住局勢，別讓他一生的辛苦付諸東流。

這步五世達賴喇嘛沒有走完的棋，他怎麼能夠不繼續走下去？讓他略感欣慰的是，固始汗去世後，他的兒子、孫子都沒有什麼才幹，雖然住在拉薩，但對政務並不怎麼插手，或許，再過兩三代，這顆定時炸彈的威力就會消失，西藏的地方政教事務大權，就可以完全回到自己人的手中。

可他沒想到的是，此時他的遠方同盟軍——噶爾丹竟然倒臺了，連帶著將他拉下了水，那個更遠處的、更強大的「施主」清政府，對他也產生了不滿，多少年的苦心經營，險些被噶爾丹完全葬送。

看著倉央嘉措的臉龐，桑傑嘉措百感交集，他多想這個孩子快些長大，做一個意志堅剛、萬眾服膺的領袖，但是，他又多想讓他遲些親政，因爲，前面有很多看不到的危險，這個孩子還太嫩，威望還太低，所有的風險，哪怕是刀光劍影，都由自己擔著吧。

然而，桑傑嘉措想錯了。

4

在他給倉央嘉措設計的規劃中，迅速成長的方式就是加緊學習，早日做一位宗教方面的大成就者，而遲些親政的目的也是加緊學習，爲他成爲一位佛學精湛的大師打下堅實的基礎，只有成爲這樣的宗教權威，他親政後才會受到擁戴，他的政令才會順利執行。桑傑嘉措恨不得他立刻通曉顯密經典，不僅給他選派了各派的大學者當老師，而且，有空的時候，自己也親自教授。

可他萬萬想不到的是，此時的倉央嘉措，對宗教學習已經沒有了興趣。

來到布達拉宮之後，倉央嘉措發現自己過著與以往完全不同的生活：身邊的侍從依然那樣的恭謹，神色中卻不再將他當作那位措那的孩子；師父們依然那樣嚴肅認真，卻不會再像以往循循善誘，聲色中多了些許嚴厲；他要莫名其妙地接見很多陌生人，雖然這些人見到他滿心歡喜，他卻要說些自己都覺得彆扭的客氣話；而那些本來比較熟悉的人，此時都行色匆匆，開口閉口不是政務就是稅收，要不然就扯到遙遠的蒙古或者中原，很多次他想詳細地瞭解些什麼，他們卻遮遮掩掩，好似不願意跟他說……

這樣的日子，還有什麼意思呢？

如果不能與自己的臣民心無芥蒂地交流，這樣的領袖還不如不做。

難道，達賴喇嘛都是這樣長大的嗎？他漸漸回憶起自己的前世、五世達賴喇嘛的過去，他清楚地記得，五世班禪師父給他上的第一堂課中，就講述了五世達賴喇嘛一生的功績，在十六歲的時候，他老人家已經參與政教事務了。可此時，沒人願意跟自己談這些，每天的談話，都是努力學習、弘揚佛法之類的話，讓他聽都聽煩了。

倉央嘉措感到很失望，也很委屈，他清楚自己年紀小，那些政務是做不來的，可他現在只不過是想瞭解一下身邊的人都在忙些什麼，並沒有想給臣下們出主意，可就是這麼簡單的事情，他們也不屑於跟一個孩子說。

既然這樣，要我每天學這麼多經典，長大了又有什麼用處呢？難道開口閉口都是經文，這樣就能治理好腳下的土地？

從此，倉央嘉措不再努力學習佛學，他心中清楚，要想做一位像五世達賴喇嘛那樣卓越的政治家，他眼下的這些師父們，是沒有人能教他什麼真東西的。

他的這種學習態度很讓桑傑嘉措驚訝和不安。很快，他聽到身邊的人彙報，活佛不喜歡學習，經常出遊、生活上也很懶散。桑傑嘉措的心痛了，他暗暗地叫苦：孩子，你這樣做，枉費了我十幾年的心血啊。

他馬上提筆給五世班禪大師寫信求助：大師，這孩子最近不甚喜愛佛學，時常倦怠懶散，而又聽人說他喜好遊樂，對此我深為擔心。然而我俗務甚多，終日忙碌，深恐放縱了他，此次修書，請大師多加教規訓導，以免遺恨。

五世班禪大師接到信後，派人告訴第巴，說，按照以前的約定，馬上要給倉央嘉措授比丘戒了，受了戒的人，精神必會振奮，身心自然清淨，會有一個良好的改變。至於年輕人喜好交遊，也屬正常，勿需擔憂，到時我自會與他深談，端正其心。

5

桑傑嘉措只好把全部希望寄託在五世班禪大師身上了，此時的他，已經無力分身。

自從強大外援噶爾丹死後，準噶爾大權落在了他的侄子策旺阿拉布坦手中，桑傑嘉措本以爲可以與他結好，延續格魯派與準噶爾之間的良好關係，維持住五世達賴喇嘛生前創造的局面。可恨的是，這個策旺阿拉布坦跟他叔叔噶爾丹簡直是兩路人，他多次上書給康熙皇帝，處處說自己的壞話。

桑傑嘉措明白，策旺阿拉布坦肯定沒懷好心，他想扳倒自己，進而一舉挺進西藏。然而，他只能啞巴吃黃連，康熙皇帝對他早已經不滿，此時他再辯解什麼又有什麼用呢？

讓桑傑嘉措心中更沒底的是，一七〇一年，碩特蒙古的頭領達賴汗，這位在世時基本不插手格魯派政務的大汗去世了。桑傑嘉措的內心很矛盾，他多少有些惋惜，因爲達賴汗是個不管事的甩手掌櫃，有這樣一個人做大汗，自己的一系列政策都能順利地推行下去；桑傑嘉措很快又覺得欣喜，每一次汗位交替都是難得的政治時機，如果此後接替汗位的是個更庸碌的人，自己便可以大張旗鼓地收回更多的權力，五世達賴喇嘛的遺願便可以更快地完成了。

可是，接任大汗的是誰呢？桑傑嘉措暗暗觀察著達賴汗的兒子們：大兒子旺札勒最有可能，他也真是個符合自己心中所想的人選，而他的弟弟呢？其中可有個心狠手辣、傲慢狡猾的人。不過，桑傑嘉措很快放下心來，他心目中最適合的人選旺札勒果然順利地當上了大汗。

現在，桑傑嘉措最不放心的，就是倉央嘉措了。這位日漸長大的活佛已經不是當年那個聽話的孩子了，他好像對很多事情都有自己的想法，不再順從老師們的話。桑傑嘉措將所有希望寄託在一七〇二年，因爲在這一年，五世班禪大師就要給他授比丘戒，從此，他就將成爲正式的僧人。

人這一生很奇怪，再頑劣的孩子，當他意識到自己是一個真正的成年人時，往往都會瞬間長大。桑傑嘉措寄希望於受了戒的倉央嘉措會從此改掉懶散的毛病，用功學習，然而，他又一次想錯了。

六月的這一天，格魯派的高僧們護送倉央嘉措來到日喀則的札什倫布寺。五世班禪大師見到他，十分欣喜，請他為全寺的僧人講經，可讓大師想不到的是，倉央嘉措拒絕了。

既然不想講經，那麼，就按原先的約定，直接授戒吧。

倉央嘉措聞聽，立即跪在地上，口中說：「弟子有違師父之命，實在愧疚。比丘戒我是萬萬不受的，也請師父將以前授給我的沙彌戒收回吧。」

眾僧人大驚，退了沙彌戒，就不是出家人了，哪裡有俗家人當活佛的呢？

五世班禪大師怔怔地看著眼前的弟子，他彷彿不認識這位五年前還誓願做一位大成就者的孩子了，腦子裏一片空白，半晌，他才回過神來，輕輕地對倉央嘉措說：「孩子，不受比丘戒，如何做活佛、又如何做信眾們的領袖呢？」

倉央嘉措似乎早有準備，他望著師父，緩緩地說：「師父，難道這樣的領袖一定要讀經到白頭嗎？出家之人，戒體清淨，不應受俗世五蘊薰染，這樣的人，又如何治理一方水土呢？」

「可是，孩子，如若不出家，又哪裡有資格做轉世尊者呢？」

「師父，出家之人本不該沾染世俗之事，卻要領袖地方、處理俗務，如若不出家，卻又做不了尊者，這豈不是矛盾？」倉央嘉措略一沉吟，繼續說：「師父，難道我們出家人，就是為了俗世紛爭而轉世嗎？」

「這……」五世班禪大師一時語塞，他心中清楚，弟子說的沒錯，可是，這確實又是個無法解決的問題。

「師父，弟子情願不受戒，並請將以往所受之戒還回，戒體在身，實在是本心與行為相違，兩相比較，弟子覺得暫不受戒，反而能為地方求得福祉。」

五世班禪大師長嘆一聲，半晌，他又緩緩地說：「孩子，你能為地方福祉著想，不枉我一番苦心。既然你心意如此，為師不便勉強，師父對你只有一點要求，那就是不要穿俗家衣服，近事戒在身，日後也可以受比丘戒。」

倉央嘉措在札什倫布寺住了十餘日，便返回了布達拉宮。

6

桑傑嘉措實在想不通，這位自己看著長大的孩子，此時要做什麼？

可是，他很快就沒有精力繼續想下去了，他面臨著一道難題，一道前所未有的難題——和碩特蒙古在西藏的政權出問題了。

這一天，近侍心腹匆忙來報告：「第巴，大事不好了，蒙古大汗旺札勒去世了。」

桑傑嘉措一驚，「怎麼？」

「蒙古軍中嘩變，大汗去世，汗王的弟弟即位了。」

桑傑嘉措馬上追問：「哪一個人？」

「拉藏。」

桑傑嘉措立刻感到彷彿被重擊了一下，好半天才回過神來，他暗暗叫苦，旺札勒是個沒能耐的汗王，他在臺上對自己有利無害，可是，這個拉藏又狡猾又蠻橫，藏人與蒙古人的紛爭，恐怕要再起波瀾了。

桑傑嘉措呆呆地坐在椅子裏，心中暗想，這可是個難纏的對手。

從小，拉藏汗就看著自己的父親達賴汗像木偶一樣，第巴說什麼他完全照准，第巴做什麼他也不管。拉藏汗時常納悶，西藏這塊地盤到底是誰的？我們可是固始汗的純正後裔啊，當年的輝煌哪裡去了？如果說五世達賴喇嘛在世的時候，對活佛尊崇一些、禮敬一些，這還說得過去，可現在明擺著小活佛管不了那麼多事，我們固始汗家族難道不應該重振旗鼓嗎？

拉藏汗更看不慣的是自己的哥哥旺札勒，哪裡像固始汗的子孫，窩囊廢一個，把他弄下去，我親自上臺得了，在我的手裏，和碩特蒙古必然締造當年的輝煌。

上臺之後的拉藏汗心滿意足，不過，他很快意識到，政府裏的官員都是這些年第巴桑傑嘉措任命的，都是他的心腹，哪有一個是向著我們蒙古人的？

狡詐的他很快就想清楚了：除掉桑傑嘉措，把這棵大樹弄倒，他的黨羽們才會聽自己的話。

沒過幾個月，一七〇三年的正月，拉薩照例召開傳大召法會。傳大召歷史悠久，是一四〇九年由格魯派的祖師宗喀巴大師創建的，每年正月都要舉行，連續二十多天，是西藏最隆重的宗教節日，在這種大法會上，高層僧侶、政府官員和眾多的信眾們打成一片，親如一家。只有在這樣的法會上動手，才能顯示出自己的權威。

拉藏汗迫不及待了，不過，他也知道，在這樣重要的節日裏，不能做得太過分，那樣反而會鬧得大家都反對他。

他決定投石問路，先試探一下桑傑嘉措的實力，這一天，他找了個藉口，派人將桑傑嘉措的隨從逮捕了。

聽到這件事，桑傑嘉措立刻明白，拉藏汗此時跟他不是面和心不和，而是直接升級為軍事對手了。這個時候跟他講道理有什麼用呢，明擺著他是衝著自己的權力來的，到了最後，拚的只能是武力。

桑傑嘉措沒想錯，他剛剛表示了一下不滿，拉藏汗的第二步棋就行動了，他在達木地方集結了軍隊，此時，大軍正向拉薩進發。

拉薩一下子就慌亂了，格魯派更是擔心兩方打鬥起來會貽害地方，這時候，拉藏汗的經師嘉木樣協巴挺身而出，他對桑傑嘉措說：「第巴，我去勸一勸他，我想汗王與您之間是有一些誤會。」

誤會？桑傑嘉措暗自冷笑，他明白，嘉木樣協巴此舉只不過是要做做樣子，不過，這種樣子也是必然要做的。

聽到師父前來調解的消息，拉藏汗也很清楚，動起軍隊來，民心肯定背離自己，如果再不接受格魯派的調解，那顯然是要得罪很多人的。對自己的師父，這個面子他是不能不給的。

笑臉招待了師父後，他裝作很委屈的樣子，「師父，第巴對我誤會太深啦，這都是他手下人挑撥的。我倒有個主意，第巴這些年勞苦，也該休息一下了，不如他暫歇一段時間，這樣那些手下人想挑撥也無法了，我們之間的誤會自然會消除。」

聽到嘉木樣協巴傳回來的話，經歷過無數風浪的桑傑嘉措微微一笑，他早料到這個結局，也早做好了安排——第巴這個位子我可以不坐，但是也絕不能落到蒙古人的手裏。

他派人對拉藏汗說：「汗王的好意，我實在感激，這些年我也確實勞累，早就想歇歇了。不過，汗王剛剛當政，對很多情況不甚瞭解，第巴這個職位只能由我兒子擔任，他這些年裏助我，這副擔子他是很熟悉的，除了他，沒人能爲汗王分擔。」

拉藏汗沒說的了，政治鬥爭不是一錘子買賣，最忌諱的是得隴望蜀，既然對方示弱了，咄咄逼人下去就是天怒人怨了。只要桑傑嘉措這棵大樹倒下去，那些小樹早晚會七零八落，想到這裏，拉藏汗很爽快地批准了。

可是，桑傑嘉措和拉藏汗兩人，誰能真的罷手呢。

短暫的和平維持了兩年，退了位的桑傑嘉措一直在觀察這個野心膨脹的拉藏汗，看到他一意孤行地將西藏搞得民怨四起，他再也坐不住了，一七〇五年，他決定最後一搏——再不搏，自己培養安置的部下都沒有勢力了，再不搏，拉藏汗的實力就更難以撼動了，而再不搏，倉央嘉措就該長大親政了，可是，他哪裡鬥得過拉藏汗啊，必須在他親政前剷除拉藏汗，否則，五世達賴喇嘛臨終的囑託，自己完全沒做到。

桑傑嘉措買通了拉藏汗的內侍，讓他往拉藏汗的食物中下毒。

這顯然是個笨法子，可桑傑嘉措也是實在沒有辦法了，很快，他最擔心的事情出現了——事情敗露，拉藏汗聞聽大怒，馬上調動軍隊，要一舉擊敗桑傑嘉措。

桑傑嘉措只好匆匆應戰，可他暗暗叫苦，手中的兵實在不多啊。

這時，嘉木樣協巴又帶領格魯派高僧們調解來了。經過上一次調解，桑傑嘉措和拉藏汗心中都清楚，所謂的調解，只不過是做做樣子，誰能真把對方說的話當真呢？再說，就算真調停了，也不過是暫時的，解決這事的唯一辦法就是武力。

不過，格魯派高僧們的面子是一定要給的。兩邊達成協議，各自退步，桑傑嘉措離開拉薩，反正早就不是第巴了，乾脆移居到山南的莊園休養，但拉薩不能落到拉藏汗手裏，他也得離開，回和碩特蒙古的大本營青海去。

兩方人馬各自啓程了，格魯派的高僧們長出了一口氣，可他們想不到，一邊是在政治舞臺上摸爬滾打過來的主兒，一邊是心狠手辣、手握重兵的傢伙，誰能把這種協議當回事兒。

桑傑嘉措接受調停，只不過當時匆忙之間手裏軍隊不夠，要是有絕對優勢他早就開仗了。拉藏汗假意退兵，一方面是顧忌拉薩是桑傑嘉措多年經營的地盤，動起手來勝負難料；另一方面，他也擔心手裏軍隊不足，要是有必勝的把握，他才不想放虎歸山呢。

兩方表面上都離開了，其實暗自裏開始調兵。過了沒多久，雙方主力開始在拉薩北面決戰，桑傑嘉措雖好不容易湊足了三路人馬，可藏軍無論如何也打不過精銳的蒙古大軍，很快敗北。桑傑嘉措也被活捉，被拉藏汗的王妃砍了頭。

拉藏汗趕到之後，假惺惺地哭了。他伏在桑傑嘉措的屍體上惋惜地悲號：「第巴啊，我只不過想殺掉給我們挑撥離間的壞人，沒想害您啊，您要是不發兵，我的軍隊怎麼能動手呢？」哭歸哭，心裏可是樂著呢，除掉了這個心腹大患，西藏還有誰敢不服從自己？

拉藏汗想錯了，很快他就發現，自己的話沒人敢不聽，但他卻還得聽另一個人的。

這個人就是六世達賴喇嘛倉央嘉措。

7

倉央嘉措現在廿三歲了，一個成年的宗教領袖，是天然地橫在拉藏汗面前的一座大山，隨著年齡和閱歷的增長，這座大山會越來越雄壯，早晚會將他壓得喘不過氣來，唯一的辦法，就是除掉倉央嘉措。

莽撞的拉藏汗能做到汗王的位子，也不是全靠蠻力，多少還是有一些頭腦的。這念頭剛在腦海中浮現出來時，他也不由得暗暗心驚：除掉活佛，哪裡是那麼容易的？這種事情動武可沒任何道理，反而會惹禍上身。

怎麼辦呢？除非……

他馬上派人，給康熙皇帝彙報，將罪名一古腦地扣在桑傑嘉措身上。說他一直勾結準噶爾人，準備謀反朝廷，現在我將這個心腹大患剷除了，皇帝您放心好了。不過，他擁立的那個倉央嘉措可是個假喇嘛，這小子成天沉湎酒色，不守清規，請大皇帝廢了他。

爲了給自己的說法找依據，這一天，拉藏汗將格魯派三大寺高僧都給「請」了來。高僧們面面相覷，不知道這個凶惡的魔頭想幹什麼。

沒想到的是，此時的拉藏汗竟然滿臉陪笑，很禮敬地對高僧們說：「眾位大師，今日相請，我們議一議倉央嘉措的事。」他環顧了四周，看高僧們不解，繼續說：「此人是前任第巴僞言靈童之名而立，近年來更是不守教規，德淺才薄，無法服眾，今日請眾位大師來，我等共同廢除他的名號……」

還未說完，一位高僧大聲說：「不可，倉央嘉措何罪之有？」

「哦？」拉藏汗轉臉看了看這個膽敢反對自己的僧人，「他前幾年本該受比丘戒，爲何推託？爲何又將此前的戒體廢掉？這樣不守教規之人，我格魯派怎麼能姑息？」

「這……」這位僧人無語，不過另有僧人緩緩地說：「汗王所言之事不假，但輕言廢立，也難說是我派教規吧？」

拉藏汗有點沉不住氣了，「他，他是個假的，他是桑傑嘉措矇騙大皇帝的，不是真的轉世之身。」

這話一出口，眾僧人都氣憤了，「大喇嘛行爲稍有錯失，固然令人心寒，但憑什麼說他並非轉世活佛？這一說太過無理！」

拉藏汗眼見格魯派高僧們異口同聲反對自己，也沒了辦法，氣鼓鼓地回來了。

難道就這樣放手不成？

拉藏汗咽不下這口氣。當然，他也沒怎麼真生氣，因爲他心裏是沒當回事的，僧人們反對，能怎麼著？我只不過是要你們幫幫腔，沒有你們我還沒轍了不成？

接著給皇帝上書。

拉藏汗又給康熙寫了封奏摺，再次說倉央嘉措是個假達賴。

這一次，皇帝的旨意很快下來了，而且，隨同而來的還有兩個欽差。他們對拉藏汗說，既然倉央嘉措是假的，那麼，我們將他帶回京城吧。

拉藏汗立刻有些摸不著頭腦，他一直夢想著康熙皇帝讓他就地處決倉央嘉措呢，沒想到朝廷要把人帶走。他一時沒了主意，只好暫且推託，說：「若將假達賴解送京師，眾喇嘛都要離散，倘若如此，西藏佛域必有震亂，於天下不利啊。」

兩位欽差一時沒了主意，他們一商量，認爲拉藏汗此言有理，既然是佛域，出了個假達賴就夠亂的了，如果僧人們再出走他鄉，這片土地算怎麼回事兒啊。可是，他們畢竟是帶著皇帝的命令來的，事情辦不成也沒法交差，只好回奏朝廷請示。

康熙皇帝接到奏報，淡淡地說：「沒關係，別看拉藏汗現在違旨，過幾天，不用朝廷催促，他就會主動送人來了。」

不出康熙皇帝所料，拉藏汗也清楚違背了朝廷的旨意是個什麼下場，桑傑嘉措匿喪不報的前車之鑑，離此時可沒有多少年。再說，既然自己說倉央嘉措是假達賴，而且已經和格魯派攤牌了，此時箭已上弦，不繼續下去，這個場也沒法收。

一七〇六年五月，拉藏汗決定，強行將倉央嘉措押送京師。

8

十七日這一天，當倉央嘉措從居住的拉魯嘎采林苑啓程時，無數僧俗群眾聞訊趕來，面對蒙古大軍的刀槍，他們不敢多言，只是默默地流淚。有些膽子大的，不發一言地走上前來，將哈達獻與活佛。

倉央嘉措默默接受了，他在心中默默持誦經文，乞求佛菩薩保佑自己的子民。

這一走，不知何時能再次回到這片土地；

這一走，不知能不能再見到自己的僧人；

這一走，不知會不會換來西藏的安定……

這些問題，都曾在倉央嘉措的腦海中一閃而過，然而，此時他無暇多想，命運掌控在別人的手中，他又能說什麼呢？

他上路了，剛剛走到哲蚌寺附近的時候，山上突然衝下來一群僧兵，還沒等蒙古軍隊反應過來，他已經被營救到寺中。

拉藏汗得到報告，震怒之餘也是大吃一驚，怒在他沒想到格魯派的僧人竟敢跟他公開作對，驚在無法預知這個事件的後果。他心裏很快盤算了一下，手下的蒙古大軍攻下幾座寺廟是不成問題的，可這樣一來便跟格魯派勢不兩立，日後再有什麼事情，自己的如意算盤也打不響了。

衡量再三，他還是決定，用武力將倉央嘉措搶回來；不然，怎麼跟康熙皇帝交代呢。

蒙古軍隊也沒想到格魯派的僧兵會如此頑強，他們抵抗了三天三夜，雖然死傷很重，卻根本沒有屈服的意思。

倉央嘉措站在山上，眼望不遠處層層的蒙古兵，又看了看身邊疲憊而且帶傷的僧兵，最後，淡淡地說：「不要打了，我要下山。」

僧兵們大驚，剛要勸阻，倉央嘉措又說：「不能再有死傷了，況且，久攻不下，拉藏汗倘若放火，寺廟如何保全？我又如何面對前世師祖？」

說完，他走下了山，淡定而且從容。

蒙古人不清楚倉央嘉措是怎麼想的，拉藏汗也摸不著頭腦，更讓他心裏沒底的是康熙皇帝在想些什麼，所以，這一路他們走得極爲緩慢，到了冬天的時候，才剛剛走到青海湖畔。

這一天，拉藏汗終於接到了康熙皇帝的聖旨，讓他費解的是，皇帝沒說下一步需要他做什麼，而是提了好多問題，其中一條是——你們此時將達賴喇嘛給我送來，讓我怎麼辦？

想來想去，拉藏汗怎麼也想不出如何解答這個問題，突然，他反應過來了——不是您讓我將倉央嘉措押送到京師的嗎？此時怎麼不認賬了？讓您怎麼辦？我倒要問問讓我怎麼辦?!

實在琢磨不透皇帝的意思，拉藏汗不敢擅自行動了，善於玩弄心機的他十分清楚，這個場只能倉央嘉措來收——如果他承認自己是假達賴，那麼自己就可以繼續押送；如果他不承認，但是願意進京，那麼自己可以將押送改爲護送，仍然可以前行。總之，只要倉央嘉措說一句話，那麼，皇帝的問題就不用自己回答，皇帝雖然不滿自己也有充足的理由。

拉藏汗馬上派人，直接去見倉央嘉措。

得知了康熙皇帝有那樣一道旨意，倉央嘉措冷冷地說：「這都是拉藏汗咎由自取，你們究竟是怎麼謀劃的？現在竟然心虛了，這樣也好，我非走到京城去見見大皇帝，把話問個清楚！」

來人慌了，一時不知所措，只是苦苦哀求倉央嘉措：「萬萬不可啊，佛爺，您與汗王爭執，大皇帝自有公斷的一日，可我們當下人的實在沒法辦啊，若到了京城，大皇帝一怒之下，就要了我們的命了。」

倉央嘉措平靜了一下，他也清楚這下屬說的是對的，再這樣僵持下去，無異於將這些無辜的人送入虎口。想了一會兒，他說：「這樣吧，我不去京城了，但也絕不願回拉薩爲拉藏所辱。我現在也無意與他爭執，徒增傷亡，不如我從此遁走，你們就說我病逝即可。」

來人大喜，叩頭稱謝，「佛爺，如此甚好，保全了眾人，也免得再起刀兵。」

倉央嘉措長嘆一聲，緩緩說道：「我豈不知要保全眾人啊。回去跟你們汗王說，但願他為民著想，再不要有非分之想。」

第二天，倉央嘉措神奇地消失了。

很快，康熙皇帝接到奏報，說倉央嘉措病逝於途中，按照習俗，屍體被就地拋棄。他緩緩地放下奏章，凝神思考了一會兒，重重地嘆了一口氣，將奏報小心地用黃綾包好，鎖在密匣之中。

他又凝神思索了一會兒，命人傳來近侍大臣，下了幾道密旨：第一，命西寧大軍嚴陣以待，謹防準噶爾叛亂；第二，命四川等地嚴密監視西藏動態，如有格魯派尋訪靈童，即刻密摺上奏。

大臣們面面相覷，大膽地問：「皇上，大喇嘛之死，我們……」

康熙皇帝揚了揚手，緩緩地說：「隨他去吧，追查下去，西藏、回部，兩方必反，倘若他們勾結起來，我大清何以應付？」

過了沒多久，拉藏汗奏請，立一個叫益西嘉措的人為六世達賴喇嘛。康熙想都沒想，立刻批准了。

近侍大臣又問：「皇上，此事過於草率。當年第巴桑傑嘉措謊稱倉央嘉措為轉世靈童，匆忙之間我們認可了，結果是個假的。現在拉藏汗又捧出一個，我們實在無法確定他說的都是真話，前車之鑑，不可不防。」

康熙微微笑了，說：「我豈能不知？但若不准奏，怎麼辦呢？若準部搶先擁立一個活佛，我們又該如何？」

大臣又勸諫：「陛下不可，倘若應允了拉藏，豈不是被他所用？此人之心，實是恃皇上的寬弘而欺天下啊。」

康熙點了點頭，沉默了良久，說：「此人其心可誅，我已知曉，可小不忍則亂大謀啊，朕雖貴為九五，也須忍讓退避。」

「這……不如征討拉藏汗，一舉穩定西陲。」

「不可！」康熙皇帝立刻制止，「此時我萬萬不能與西藏交兵，否則準噶爾必然趁機作亂，大清便又要拖入戰火。忍一時吧，我不忍，天下蒼生便得忍，連年戰爭，中原百姓家無餘資，我怎麼忍心再起戰端？」

康熙皇帝沉默了一會兒，又說：「此番賜予益西嘉措達賴尊號，並不予以冊封，以絕後患。拉藏野心，我並非不知，只望靜待時局，若準噶爾部真心服膺天朝，我自會安定西藏，若準部陽奉陰違，我現在最擔心的就是拉藏與他聯盟，如此，只好暫且退讓，但願他別惹出是非。」

此後，拉藏汗推舉的益西嘉措成為第六世達賴喇嘛。可是，西藏的所有人都沒把他當成真正的活佛，格魯派更是暗中尋找倉央嘉措的轉世靈童。

9

一七一二年的這一天，康熙皇帝苦苦等待的一個消息終於到來了。

爲這一天，他足足等了六年。

他等的是倉央嘉措轉世靈童的消息，這一天，有人密報靈童已經找到，他在一七〇八年生於康區的理塘。

當然，康熙不會靜靜地等待的，在等待的六年，他必須爲它的到來做好準備，因爲，沒有這樣的準備，它搞不好就要成爲壞消息。

他準備的，便是與準噶爾的決戰。這些年來，大清與準部雖然維持表面上的平靜，但平靜只不過暫時掩蓋著一觸即發的危機，這一場大戰遲早是要開打的。經過幾年的準備，康熙皇帝已經有把握打贏這場戰爭了。

有很多時候康熙不禁回憶起倉央嘉措，當年他的「死」，給大清國換來了這個難得的時機。

得到轉世靈童的消息，康熙皇帝馬上意識到，這個孩子，不能再落入拉藏汗手中，更不能落入準噶爾手中，他一定要靠我們自己培養。只有一個與中央政府心繫一處的活佛，西藏幾十年的政治糾葛甚至是戰火，才會一舉平息。

一七一五年，準噶爾終於按捺不住了，他們開始攻擊已經服膺清國的哈密。

康熙一直防備這股強大而且富有野心的勢力蠢蠢欲動，此時，完全印證了他的判斷。此時的準噶爾，已經不復當年，雖然哈密是個弱小得連抵抗力都沒有的小汗國，可準噶爾卻打得異常困難。

康熙大喜，這一次小小的戰役，使他看清了準噶爾部的虛實。他雄心勃勃地望著天空，自言自語道：「平定準部，安定青藏，時機已到，防了十多年，忍了十多年，也該有個了斷了。」

一七一六年，康熙皇帝秘密叫來內廷侍衛阿齊圖，問：「青海塔爾寺，距離我西寧大軍有多遠？」

曾經去過青海的阿齊圖馬上回奏：「很近。」

康熙點了點頭，「如此，你速去青海，青海的羅布藏丹增以前曾奏報，有一個達賴活佛的轉世靈童，你此去，將他安置在塔爾寺。」

阿齊圖馬上動身，將孩子送到塔爾寺。接到他的奏報後，康熙長舒了一口氣，此地離西寧駐軍不遠，這孩子不會被蒙古人控制，而且，此地又是藏、蒙、漢交界之處，正好可以讓他增長見識、增加聲望。

大喜之下，康熙皇帝連下兩道旨意，鼓勵他弘揚佛法。其中一次，他的聖旨中明確寫道：爾實係前輩達賴喇嘛轉世。

青海的僧俗群眾看到朝廷認可，馬上要求將靈童迎請到拉薩。康熙皇帝不動聲色，對這些要求置若罔聞，近侍大臣有些急，問道：「皇上，如此一來，豈非兩個達賴活佛？」

康熙皇帝微微一笑，「不，一個。另一個如何處置，無須我來做。」

康熙彷彿看到了結局。

很快，一七一七年，準噶爾部入侵西藏，殺掉不得人心的拉藏汗，廢黜了益西嘉措。

接到奏報，康熙皇帝終於放下心來，他知道，對西藏用兵的時候到了，這次用兵，不但要一舉清除蒙古人在西藏盤踞多年的勢力，而且，還要在西藏駐軍、改革地方政務，真正地將西藏的事務由中央政府管理起來。

而此時，那個被供奉在青海塔爾寺的孩子，也已經漸漸長大了，康熙皇帝對他的成長非常滿意，他不僅學識好，而且性格謙和，格魯派的僧眾們時常驚異地發現，他的一舉一動，或是不經意間流露出的某種神情，像極了前世的達賴喇嘛。

很快，康熙皇帝任命皇十四子允禵爲撫遠大將軍，遠征西藏。這一仗打得極爲順利，經過了多年的準備，再加上皇子親征，清軍一舉將蒙古軍隊從西藏趕了出去。

一七二〇年，允禵率大軍親自將青海的轉世靈童送往拉薩。沿途的僧俗群眾翹首以盼，歡呼雀躍，尤其看到清政府嚴整威武的軍隊，他們都清楚，蒙古勢力再也不可能插手西藏的事務了。從此開始，困擾西藏多年的紛爭結束了。

這個在青海由清政府悉心培養的靈童，就是第七世達賴喇嘛格桑嘉措。

在此之前，從青海湖畔脫險的倉央嘉措，已經來到了內蒙古的阿拉善旗。從一七〇六年的冬天開始，他便四處漂泊，然而，心繫西藏的他也時時打聽拉薩的消息，直到此時，他才終於放下心來。

不過，他還想回到青藏高原看一看，看一看自己的「後世」，究竟是不是萬民服膺的好活佛，究竟是不是自己滿意的接班人。從一七二四年到一七四五年，倉央嘉措在阿拉善和青海之間往來，先後擔任了十三個寺廟的堪布，隱姓埋名，虔心弘法。當他看到康熙皇帝、雍正皇帝兩次冊封格桑嘉措，並幫助他改革西藏政務後，倉央嘉措放心了。他彷彿看到了年輕時的自己，在一個穩定和平的環境中，默默地爲眾生的福祉努力著。

一七四六年，六十四歲的倉央嘉措在阿拉善圓寂。

謎一般的活佛

——倉央嘉措生平解析

在中國的歷史上，從來不缺少那種渾身上下處處謎團籠罩的人物。有的人命運多舛，活得好好的莫名其妙地來了個大轉折，眼見窮途末路時卻走上了一條新路，反而給後世留下了豐富的遺產；有的人實際上一輩子庸庸碌碌，本來並沒有什麼值得書寫的人生，但在民間卻留下了很多膾炙人口的故事；有的人一生中豐功偉績數不勝數，拿出哪樣都足以名垂青史，可偏偏栽在一件荒唐的小事上，錯犯得莫名其妙，到今天也讓人琢磨不透……

很多歷史人物就是因為他們神秘傳奇的經歷和讓人費解的某段故事而被人們記住，造成這種人生之謎的原因，最主要的無外乎以下幾個方面：

一、正史記載本來就不詳細，甚至充滿矛盾，給後人留下想像的空間；

二、野史筆記、民間傳說太多，讓人無法分清；

三、人物的多重角色和身分造成的多重人格，反映在生活中呈現出多種面貌，這樣的人總會引起人們的諸多猜想；

四、民間心理的誇大作用，對那些身世、經歷明顯迥異於普通人的，驚異、讚佩、同情、惋惜等等各種情感交織在一起，在本來就面貌不清的人物形象上再籠罩上一層神秘的面紗，後世人對歷史的真相即使瞭解了很多，也還真就不相信，反而更願意接受那些漏洞百出的假話。

以上四點，具備一點就足以讓人搞不清楚了，要是四點同時交雜在同一個人的身上，簡直就是迷霧重重般的人物了。

倉央嘉措就是這樣的人。

對照以上幾點，他幾乎是條條不落：在正史中，關於他的記載十分不全面，而且對照各種文字版本，裏面疑點重重、矛盾重重，就連他什麼時候去世、因何去世、在哪兒去世都搞不清楚；反倒是在民間，關於他的野史、傳說五花八門，直到現在還有新故事出現。那些新段子越編越離奇，讓人看了更加同情他、喜歡他，便又在他身上強加了很多光環。其實，這些光環無非是反映了普通人無法實現的人生憧憬，寄託了民間一些美麗而樸素的感情。

最重要的一點，是民間心理中可以心照不宣但永遠無法寫到紙面上的一種情緒，那就是對自我的否定和對衝出現實樊籬的渴望。每個人都會幻想過一種與目前狀況截然不同的生活，知足常樂、隨遇而安這樣的詞掛在嘴頭說說是可以的，也能適時地用來安慰一下自己，但其實是不作數的。只要是個正常人，內心中對現實生活的反抗情緒就都是永遠存在的。所以當倉央嘉措出現在民間傳說中時，人們會不約而同地選擇他作為自己內心情緒的代言人。

能夠當上代言人的前提，必須是這個人有典型性，比如身分特殊、身世迷離等等。倉央嘉措顯然不是鄰居大哥那樣的普通人，他的真實身分是藏傳佛教格魯派第六世達賴喇嘛，也就是當時西藏宗教、政治事務的當然領袖，而他又顯然不是如我們想像的那種無欲無求、生活枯燥的得道高僧，在他的經歷中，人們找到了打破傳統、反抗現實、追求自由的精神影子，所以，很多人往往記不住他活佛的真實身分，反而記住了他的副業——詩人。

他的多重角色和特殊身分之間的落差，足夠引起人們的好奇和猜想，這些猜想將以上說到的正史記載、民間傳聞、民間心理作用等因素串聯起來，就形成了一個謎一般的倉央嘉措。

讓人奇怪的是，他只不過是一個三百年前的歷史人物，區區三百年前的事就搞得說不清道不明的，這種人物也真算少見。那麼，真實的倉央嘉措到底是什麼樣子的呢？民間傳說中哪些是不可靠的呢？為什麼歷史記載中會出現那麼多矛盾呢？

第一章　心頭影事幻重重

——倉央嘉措的兩種生平形象

1

翻遍歷史文獻和目前通行的、不加演繹的倉央嘉措傳記，任何人都會留下兩點突出的印象：一、關於他的生平，介紹的少而又少，而關於他生活的時代背景，如當時的政治局勢、政治人物等，卻占了大部分的篇幅；二、一般來說，生平簡單本來應該說得清楚，也容易介紹得明白，可就在他那少量的記載中，也處處讓人費思量，除了矛盾重重之外，還有好多明顯不符合情理的地方。

而在民間，人們普遍將他當做一位詩人，他的詩歌口口相傳、流傳至今，可在上述正規的傳記中，這一點卻幾乎不提，彷彿史學家們根本無視他的文學創作。

那麼，正史記載中的倉央嘉措是個什麼樣子呢？

任何一位藏傳佛教活佛的生平，都要從他的前一世講起，這是由活佛轉世的獨特傳承方式決定的。倉央嘉措是格魯派第六世達賴喇嘛，他的前世，就是西藏宗教、文化歷史上享有極高聲望的五世達賴喇嘛羅桑嘉措。

說他偉大，要從宗教和政治兩方面看。

宗教方面，首先，個人的成就非常突出，他在梵文、詩學、曆算、醫藥、佛教哲學等方面都有很深的造詣，其文集達三十函之多，是歷代達賴喇嘛中著作最多的一位。同時，他的弟子眾多，經他授戒的門徒數以千計；其次，在宗教事務上，從他開始，歷代達賴喇嘛成爲哲蚌寺和色拉寺的當然寺主，確立了新的教派組織制度；另外，在他的主持下，前後藏新建了十三所格魯派大寺，史稱「格魯派十三林」，布達拉宮的擴建工程也是在他的時代開始的。

但這還不是他最傑出的成就，更主要的是在政治方面的貢獻，簡單地說，他幾乎用一己之力，挽救了當時岌岌可危的格魯派，將格魯派由宗教組織發展爲政教組織，並得到了清政府的冊封，爲以後西藏政治格局打下了基礎。

他出生的時代，格魯派的強敵是一個叫做噶瑪噶舉的教派，他們一直對格魯派持敵對態度。此時，支持格魯派的地方勢力帕竹政權逐漸沒落，而支持噶瑪噶舉的藏巴汗政權勢力發展壯大。強弱對比之下，格魯派的生存都成了問題，藏巴汗更是強悍到不讓達賴喇嘛轉世的地步。

五世達賴喇嘛好不容易坐床之後，藏巴汗政權掀起了一次反格魯派的高潮，致使活佛不得不跑到山南地區避難，此後不久，蒙古喀爾喀部的卻圖汗、噶瑪噶舉政權的藏巴汗和康區的白利土司結成同盟，立誓要消滅格魯派。

面對這種滅頂的災難，五世達賴喇嘛只好尋求新的政治力量的支持，他選擇的是蒙古和碩特部，它的首領史稱固始汗。固始汗大軍一到，將三股反對勢力消滅掉，還幫助格魯派建立了甘丹頗章政權。這也就是格魯派政教合一體制的雛形。

但是，五世達賴喇嘛心中十分清楚，這個政權實際上是受到和碩特蒙古人的操縱的，本來想請他們幫忙，沒想到他們來了就不走了，反而干涉起地方的政務來。此後，五世達賴喇嘛一方面逐步削弱、限制蒙古人的政治權力，另一方面，他又與聯絡、扶持更遠的準噶爾部，並與新建立的清政權交好，利用外援牽扯住和碩特蒙古的勢力。也就是在這個時候，中央政府正式冊封這一世系的轉世活佛爲達賴喇嘛。

一六八二年，五世達賴喇嘛在布達拉宮病故，享年六十六歲。一般來說，威望甚高的偉大人物去世，都會在一定程度上引起轟動，而此時，很奇怪的現象卻是，整個藏區一片寧靜。從布達拉宮傳出消息說，五世達賴喇嘛正在閉關修行，一段時間內不公開出來處理政務了。

其實，這是格魯派政權的第巴桑傑嘉措有意隱瞞了他去世的消息。第巴，也叫第司，是達賴喇嘛甘丹頗章政府的總執政官，相當於清政權的總理王大臣或者攝政王。在「匿喪」期間，他就可以假借五世達賴喇嘛的名義號令整個藏區，成爲實際上的地方政教領袖了。

他隱瞞了多久呢？十五年。直到一六九六年，康熙皇帝親政噶爾丹，才從戰俘的口中得知真相。康熙龍顏大怒，狠狠地批評了桑傑嘉措，甚至說要動用武力懲罰。

桑傑嘉措慌了，忙上奏說，實際上這是按照五世達賴喇嘛的遺囑辦的，而且，他的轉世靈童已經找到，一直受到嚴密的保護和盡心的撫養，同時，請求中央政府予以認證。

這個少年，就是倉央嘉措，此時他已經十四歲了。可是，他是早就被桑傑嘉措找到並撫養成人的呢，還是情急之下桑傑嘉措編瞎話唬弄康熙皇帝，這就誰也說不準了。在正史記載中，確實是早就找到的，而且他年幼時就受到了嚴格的宗教教育。只不過，這一切都是秘密進行的，所以，後世對此說法產生了懷疑；在懷疑之後，也就編出了很多捕風捉影的故事。

此時的康熙皇帝，出於穩定西藏的角度考慮，認可了桑傑嘉措的話。

一六九七年，倉央嘉措被清政府確認為五世達賴喇嘛的轉世靈童，並於當年師從五世班禪羅桑益西剃度、受戒、坐床，成為第六世達賴喇嘛。第二年，倉央嘉措來到哲蚌寺，開始師從班禪大師和薩迦、格魯、寧瑪等派上師學習大量佛教經典。

一七〇二年，倉央嘉措二十歲時，他應該受比丘戒了。依照以前的約定，他前往日喀則札什倫布寺與五世班禪相見。出乎所有人意料的是，此時他不僅拒受比丘戒，反而要求班禪大師收回此前所授的沙彌戒。

在這段時間內，作為倉央嘉措的老師、生活上的「監護人」，以及他獨立處理政務之前的「代理人」，桑傑嘉措在做什麼呢？

幾乎所有書中的記載，都是他大權獨攬地把持西藏地方政教事務，給人一種欺上瞞下的政治投機者的印象，甚至還有學者因為他結交噶爾丹，而直接給他扣了個「賣國賊」的帽子；但是，幾乎所有學者也都肯定了他作為一位政治家的歷史貢獻，他確實是個多才多藝的人，論個人的政治水準，在當時的西藏地方也屬於佼佼者。然而再優秀的政治家也是會犯錯誤的，如果這個錯誤是根本政策出現了問題，政治生命也就無法保全了。

桑傑嘉措的政治錯誤主要有三個：第一，他隱匿了五世達賴喇嘛去世的消息，一瞞就是十五年，而且此前康熙請他出兵攻打吳三桂的時候，他不但不積極響應，反而從中調和，從維護與清政府的關係方面考慮，造成了政治被動；第二，他聯合準噶爾對付和碩特蒙古遺留在西藏的勢力，這實際上是在延續五世達賴喇嘛生前的政治思路，但那個時代，局勢是天天變的，此時的準噶爾首領是噶爾丹，他可是和清政府對著幹的人物，聯合他就等於得罪清政府；第三，在西藏內部，他還面臨著和碩特蒙古當年留下來的勢力，本來經過五世達賴喇嘛晚年的幾次調整，這股勢力已經逐漸弱化；但既得利益誰也不可能放棄，恰好此時和碩特蒙古出來個厲害角色，他就是固始汗的曾孫拉藏汗。這是個十分彪悍和狡猾的人，也正是他點燃了西藏地方事務內外矛盾的總導火線，也直接造成了倉央嘉措的悲劇命運。

一七○五年，拉藏汗和桑傑嘉措兩方發生戰爭，桑傑嘉措被處死，拉藏汗掌握大權。此後，他就對倉央嘉措多方責難，並向清政府奏稱由桑傑嘉措所擁立的倉央嘉措，並不是五世達賴喇嘛真正的轉世靈童，他「耽於酒色，不守清規」，「是假達賴」，「請予廢立」。

康熙帝接到奏報後，命將倉央嘉措「執獻京師」。路經青海的時候，一七○六年冬天，時年廿四歲的倉央嘉措突然「死亡」。

如果作為對個人的描述，倉央嘉措在正史中記載的生平其實就是這麼多，非常地簡單，簡單得跟普通老百姓一樣。他沒有什麼偉大的宗教功績，也沒有什麼了不起的政治貢獻，作為地方領袖，他的生平是沒有什麼可大書特書的。

不過，正史和野史的記載，都給我們留下了一個「尾巴」。

正史的「尾巴」是對這段歷史的補充：在倉央嘉措「死」後，拉藏汗將生於一六八六年的益西嘉措迎至布達拉宮。據說，這個人是拉藏汗的私生子，拉藏汗擁立他的目的，就是要牢牢地掌握西藏政教大權。康熙皇帝批准了這個新的「六世達賴喇嘛」。不過，西藏僧俗群眾都認為他才是真正的「假達賴」，並秘密找到了倉央嘉措的轉世靈童格桑嘉措。當然，為了避免拉藏汗的迫害，這個靈童被供養在青海的塔爾寺。

至此，當時的青海西藏實際上存在兩個「達賴喇嘛」，一個是補缺的新「六世」，一個是候補的「七世」，奇怪的是，清政府對兩個都默認。

康熙皇帝清楚西藏局勢是很混亂的。一七一三年，他冊封第五世班禪羅桑益西為「班禪額爾德尼」，命他協助拉藏汗管理好西藏地方事務。從此，歷代班禪的「額爾德尼」名號便確定下來。雖然冊封班禪能儘量地起到穩定作用，但西藏的「歷史遺留問題」還是沒有得到根本解決。

不穩定因素在於此前跟五世達賴喇嘛、桑傑嘉措交好的準噶爾，因為它的首領噶爾丹是五世達賴喇嘛的弟子，也是桑傑嘉措的同學。在扶持噶爾丹上位的過程中，格魯派對準噶爾是出過力的。雖然此時噶爾丹已死，但準噶爾勢力依然存在，後繼者策妄阿拉布坦早已覬覦西藏。一七一六年，他派大將率六千精兵，打著擁護格桑嘉措進藏、反對拉藏汗倒行逆施的名義，發動了戰爭，拉藏汗死於亂刃之下。此後，他廢掉了拉藏汗擁立的益西嘉措，並對西藏實行了殘酷的統治。

三年之後，康熙命皇十四子允禵爲撫遠大將軍，對西藏用兵，打敗了準噶爾部，清除了蒙古勢力在西藏的政治影響。一七二〇年，康熙正式冊封格桑嘉措爲「第六世達賴喇嘛」，這就是歷史上第三個「六世達賴喇嘛」。不過，一七二四年，雍正再一次冊封的時候，卻不提他是第幾世，直到一七五七年格桑嘉措去世，他的真實譜系身分還是沒有明確。一七八一年，到了乾隆朝的時候，清政府冊封格桑嘉措的轉世靈童爲第八世，這也就是承認了格桑嘉措是第七世，而格桑嘉措又是倉央嘉措的轉世，那麼，這就變相承認了倉央嘉措是真正的第六世達賴喇嘛。至此，中央政府最終確定了倉央嘉措的真實身分。

以上是正史記載中的「尾巴」，在野史中，倉央嘉措「去世」後的「尾巴」就沒有這麼多複雜的歷史、政治問題了，民間關心的還是他個人。也就是說，這條「尾巴」是對他生平的補充。然而這種補充是如此的五花八門，讓人分辨不出它們是傳說故事，還是歷史真相。

據說，在一七〇六年的冬天，在淒冷荒涼的青海湖畔，倉央嘉措並沒有死去，他逃了出來，此後隱姓埋名地活到了六十四歲。至於他是怎麼逃出來的，逃出來之後又去過哪裡，這就眾說紛紜了，大多數人比較相信的是一種「阿拉善說」，目前似乎也有很多證據證明這是真實發生的。而且，就算還有別的一些說法，和「阿拉善說」也沒有本質的衝突，到最後都可以歸入到這一大類裏。

「阿拉善說」的大概情節是，倉央嘉措逃了出來後，四處雲遊，先後周遊了青海、甘肅、蒙古、四川、西藏、印度、尼泊爾等地。據說他曾當過乞丐，送過屍體，生活極爲艱苦。

一七一六年前後，他來到現內蒙古阿拉善旗，從此在此地生活，先後擔當了十三座寺廟的住持，講經說法，廣結善緣，創下無窮的精妙業績。一七四六年，六十四歲的倉央嘉措染病去世，但他的事蹟為廣大阿拉善人民傳誦，當地人民為他修建了靈塔，供奉了他的遺物。

無論是正史中對歷史的補充，還是民間中對個人生平的續寫，這兩條「尾巴」一加上，倉央嘉措的人生立刻就生動了起來。在生動的背後，又處處充滿了神秘色彩，其中總有些讓人琢磨不透或者浮想聯翩的地方。

這就形成了倉央嘉措的民間化生平。

2

一個歷史人物的生平，若能完全從正史記載過渡到民間化，需要一些前提，首先，正史記載最好不完整、不清楚，太詳細了就沒有讓後人想像發揮的空間，如果正史記載有矛盾之處，想不讓民間編故事都難；其次，這個人的經歷、命運、性格等，總要有點超出常人之處，或者讓人敬佩，或者讓人同情，或者讓人痛恨，總之都要讓民間產生極大的好奇心，激起某種強烈的情緒；第三，如果在這個人的經歷、命運、性格等細節之處，有大量這樣理解也可以、那樣解釋也說得通的情況，那就非常難得了；第四，需要一些民間文學作品推波助瀾，就算沒有筆記小說、曲藝戲劇作品來演繹，最少也要有民間傳說。

可以說，以上幾條，倉央嘉措還真是樣樣不缺。

造成這種情況的最主要的原因，是關於他的生平中，正史記載中有三個「盲點」，也就是說，在這三處，正史裏記載的都不詳細，也都容易讓人懷疑，民間正好趁著混亂編故事。

這三個「盲點」是三個時間段：第一，童年青少年時期。按照史書的記載是處在秘密監護下學習佛教經典，但在民間，任何「私密生活」都是容易引起好奇心的；第二，活佛時期。也就是他正式成爲第六世達賴喇嘛之後的生活狀況，史書中有不多的側面記載，但很令人費解，讓人琢磨不透的事情，總是可以加工出一些民間故事的；第三，死亡和後事。史書中的記載讓人不相信，人們寧願相信民間故事，況且這些民間故事說的有鼻子有眼，越傳越生動、越傳越有生命力。

那麼，在民間傳說中，倉央嘉措的生平是什麼樣的呢？

需要說明的是，以下的故事是根據若干民間故事整理而成的，其中絕大部分是演繹出來的，這在民間文學中，倒是可以理解的。但爲了自圓其說，或者塑造典型環境下的典型形象、故意製造矛盾衝突，故事中很多地方不惜改寫歷史。要命的是，不光改倉央嘉措本人的，就連和他沾邊的、完全可以不改的，也都給改得面目全非。比如，他的父親在真實的歷史中明明活得好好的，但爲了突出倉央嘉措的悲慘命運，一出生就先讓他父親死掉了，使他當了幾年的苦命娃。所以，如果我們真的把民間故事當成歷史，那就大錯特錯了。

一六八三年，倉央嘉措出生了，但他是個不幸的孩子，家境本來就很貧寒，又倒楣地遇到了幼年喪父的災難，只好從小就給別人家做放牛娃；偏趕上他的舅舅和姑姑又是貪財的黑心人，奪走了他家僅有的財產和房屋。

好在，倉央嘉措從小就性格開朗、聰明伶俐，深受鄉親們的喜愛。這一天，幾個神秘的僧人來到他家，經過了一系列「考查」後，動員他母親搬家，並說，這個孩子天資聰穎，是塊好材料，不如讓寺院來教他學習，這樣也能分擔一下他家的生活壓力。

日子過得本就艱苦，撫養孩子尚且不容易，就更別提讓他受教育了，聽到這一建議，母親很愉快地答應了。從此，倉央嘉措就告別了慈愛的母親，告別了與小夥伴嬉戲玩耍的庭院，告別了山清水秀的故鄉，跟著幾位僧人來到措那宗的寺院裏居住。六歲那年，有六名學問高深的僧人擔任他的教師，從此，他開始了枯燥的學經生活。

這裏沒有平民生活的親情與歡愉，沒有母親慈祥親切的愛撫，沒有小夥伴們天真爛漫的歡歌笑語，與童稚未脫的兒童、鴻蒙初開的少年終日相伴的，只有老師們道貌岸然的教導訓示，以及那些金裝彩繪的佛像、菩薩……

這一變化給他童年的心靈留下了深刻的印象，並伴隨著他走過少年時期、步入青年。十五歲的倉央嘉措，俊秀清朗、英姿勃發，他高高的身材、紅潤的臉龐、眉清目秀、氣宇軒昂。他學會了騎射，劍術高超，身具出色的武藝，很快成為青年男女中矚目的核心人物。但更吸引女孩子目光的，是他浪漫自由的天性和做得一手好詩的才情。

這時候，他認識了一位美麗的姑娘，她的名字很好聽，叫瑪吉阿米。他們兩小無猜、海誓山盟。倉央嘉措早已經厭倦了學經的日子，他經常返回故鄉去看望母親，並親手在家鄉種了一棵柏樹。此時的他，幻想著有一天，帶著心愛的瑪吉阿米一同回家，過一種浪漫的田園生活。

然而，他的幻想很快就破滅了。這一年，桑傑嘉措隱瞞五世達賴喇嘛死訊的事情敗露了，他急忙上報康熙皇帝，說靈童其實早已經找到了，一直秘密地供養著，只不過因為種種原因不便公開，現在靈童已經長大，可以公開身分了，請朝廷冊封他為六世達賴喇嘛吧。

倉央嘉措就是這位靈童，現在，不但回家的願望實現不了，他還必須到拉薩當活佛，居住在布達拉宮。可以想像，從今以後，他要過著比以前更刻板枯燥的生活。就這樣，一六九七年，他一步一回頭地，與心愛的瑪吉阿米分開了。

在這一年，五世班禪親自為他授了沙彌戒，給他取了法名，成為他的師父；在這一年，他在布達拉宮坐床，正式成為格魯派第六世達賴喇嘛；在這一年，他開始了更為嚴格、科目更多的佛法學習；也是從這一年開始，他再也不可能回到以往無憂無慮的青蔥歲月……

在戒律森嚴的宗教儀軌面前，在終日監護的師父們面前，在環列身邊的佛菩薩像面前，在看似無形、卻又無時無處不在的宗教氛圍之中，倉央嘉措顯得那麼孤獨，那麼弱小，那麼無助……

倉央嘉措需要逃避。

倉央嘉措需要解脫。

只有逃離了與世隔絕的禁苑之牆，只有逃離了令人窒息的清規戒律，倉央嘉措才能獲得片刻的解放。此時的他，經常被家鄉的田園風光牽走了神兒，他極為懷念那段無拘無束的美好生活。但是，高牆深院的宮廷生活、森嚴繁重的經典學習、宗教的虛無主義、神秘主義和禁欲主義，以及緊緊圍繞他的政治角逐……

他厭倦了這一切。

終於有一天，他做出了大膽的舉動，換上了俗家的服裝，戴上長長的假髮和精美的戒指，尋機溜出了戒備森嚴的布達拉宮，來到了拉薩的中心帕廓街遊玩。這個時候，他給自己起了個化名——宕桑汪波。

風流倜儻的宕桑汪波很快結識了一群青年男女，他們成日在街頭遊逛嬉鬧，在酒肆飲酒歡歌。此時的倉央嘉措，彷彿回到了青春自由的世俗生活，他感覺自己擺脫了政教鬥爭的巨大壓力和每天從早到晚繁複而無趣的宗教儀軌。更讓他歡心的，是他遇到了一位長相酷似瑪吉阿米的姑娘，她叫仁珍旺姆。

心愛的瑪吉阿米，我怎麼能將你忘記，但是，你又在哪裡呢？純潔的仁珍旺姆，我又怎麼能忍心欺騙？只不過，倉央嘉措愛的是心中的瑪吉阿米，宕桑汪波愛的是眼前的你。

現在說不清楚第三個姑娘達娃卓瑪和仁珍旺姆是個什麼關係，在民間傳說中，這兩個名字都出現過，而且幾乎出現在同一個時間，甚至在有的故事中，瑪吉阿米也是在這個時候出現的。估計是在流傳過程中，各地的人給出現在倉央嘉措生命中的女人取了不同的名字。到底她們是不是同一個人，還是倉央嘉措先後有三個情人，這就無法說得清楚了。可以肯定的是，這第三個姑娘達娃卓瑪，確實是倉央嘉措鍾愛的情人。

她的出現是在一次宴會上。

此時的倉央嘉措，在布達拉宮後花園的湖中小島上，建築了一座精美的樓閣，起名龍王潭。在這裏，他經常邀請男女朋友們唱歌跳舞、飲酒狂歡。才華橫溢的倉央嘉措也經常即興創作情歌，讓大家演唱。他的情歌琅琅上口，這些朋友走出布達拉宮後，還經常給外人唱，於是，他的情歌很快地傳遍四方。

達娃卓瑪就是在龍王潭酒宴上出現的，倉央嘉措也即興為她創作了一首歌，這讓羞澀美麗的姑娘一下子愛上了這位多情的才子。其實，倉央嘉措早就注意到她了，她來自瓊結，容貌美麗，溫柔多情，在眾多的女孩子中，倉央嘉措只看了一眼，就被她那雙黑寶石般的大眼睛迷醉了。

從此，倉央嘉措與達娃卓瑪相愛了，他們白天遊玩歌舞，夜裏，倉央嘉措便溜出布達拉宮與她約會。然而世上沒有不透風的牆，終於有一天，他的行蹤被人發現了。

這一天早上，布達拉宮的侍從發現雪地上有一行腳印，直接通到倉央嘉措的臥室，大驚失色，以為夜裏有歹人作亂。可是，他又發現倉央嘉措好好地睡在房內，並沒有什麼異常。

這是怎麼回事呢？

侍從順著腳印往外走，走出布達拉宮，穿過拉薩的街道，最後來到了一家酒店門前。一打聽，原來天天晚上有個叫宕桑汪波的青年男子，獨身一人出來飲酒玩樂。他的相貌、年齡、舉止、談吐，無疑就是倉央嘉措本人。

事情敗露了，倉央嘉措根本就不否認，此時的他已經決意與自己的生活挑戰。他已經看透了貴族階級虛偽而且無情的政治角逐，更體會到了自己在政治束縛中掙扎的生活現狀，他只想過普通人的生活，有民間生活的喜怒哀樂，雖然清貧，卻是浪漫自由的。

一七〇二年，按照宗教事務的規矩和以前的約定，應該由五世班禪給他授比丘戒了。倉央嘉措乾脆大膽地挑明，「這個戒我是不受的，不但不受，以前受的沙彌戒，也請師父給我免了吧！」

桑傑嘉措和格魯派的僧人們大驚失色，活佛不出家，這算怎麼回事嘛。於是大家苦苦勸解，無奈，倉央嘉措是鐵了心了，他要做一個自由的活佛。

只不過，他的願望又一次破滅了。實際上，他已經身不由己，普通百姓選擇自己的人生道路尚且艱難，何況自己的身分已經牽扯到方方面面的很多人？他內心中非常清楚，若要帶著達娃卓瑪遠走高飛、過普通人的生活，幾乎是不可能辦到的。而此時的達娃卓瑪也得知，原來自己深愛的宕桑汪波竟然是活佛，以前那些山盟海誓、那些對未來的憧憬和期待，一下子都遙遠無邊了。

不知道是達娃卓瑪主動放棄，還是桑傑嘉措和格魯派的上層人物從中作梗，總之，倉央嘉措的心上人再也沒有出現。幾次龍王潭聚會中，都不見了她的身影，相思成災的倉央嘉措隱隱地感覺到出事了，他忙托朋友打聽，這才得知達娃卓瑪已經被父母帶回家鄉了。

倉央嘉措如同失去了生活的陽光，他從此心灰意冷、失魂落魄，在痛苦中度過淒涼的時光。而回到家鄉的達娃卓瑪，很快與人成了親，生兒育女，再也沒見過倉央嘉措一面。

然而，兩顆炙熱的心始終由一根看不見的絲線連在一起，很多次，倉央嘉措面前都閃現出她的面容，美麗、溫柔、羞澀，和那淺淺的微笑……

經歷了失戀痛苦的倉央嘉措，萬萬也不會想到，更大的磨難還在後面呢。

一七〇五年，桑傑嘉措與拉藏汗的矛盾終於激化爲一場戰爭，在強大的蒙古大軍面前，桑傑嘉措失敗了。此後，拉藏汗上奏朝廷，言稱桑傑嘉措謀反，雖然他本人已被正法，但這事兒還沒完，因爲桑傑嘉措擁立的倉央嘉措平時「耽於酒色，不守清規」，是個「假達賴」。康熙皇帝聽信了拉藏汗的一面之辭，命令將倉央嘉措押送到北京去。

這一消息在西藏引起了極大的震動，廣大僧俗群眾悲憤相告，立誓要武力奪回倉央嘉措。這一天，當解送他的蒙古軍隊路過哲蚌寺山下時，早已埋伏好的一群武裝僧人突然襲擊，將他營救到寺裏。凶悍的拉藏汗聞訊，不惜再一次動用武力，他下令蒙古軍隊包圍寺廟，把人搶到手。

這一場大戰打了三晝夜，雖然雙方互有傷亡，但是，僧兵怎麼能敵得過正規的蒙古軍隊呢？

眼見悲劇還要繼續，繼續下去的結果無非就是死傷更多，而自己也終究會再次落入敵軍手中。此時，倉央嘉措平靜地寫好了一首詩，交給了心腹的近侍，請求他想辦法帶給心愛的達娃卓瑪，之後，他抖了抖衣袖，坦然地對蒙古人說，「我跟你們走吧，只要你們別再殺害更多的人就好了。」

說完，他毅然下山，一步步走進了沒頂深淵。

而他的「絕筆詩」，就是那首膾炙人口的——白色的野鶴啊，請將飛的本領借我一用。我不到遠處去耽擱，到理塘去一遭就回來。

本來，倉央嘉措是抱著必死的心跟著蒙古軍隊離開的，他早已經厭倦了骯髒的政治生活和枯燥的宗教生活，死對他來說是一種莫大的解脫，況且，沒有了達娃卓瑪，就算脫離了現實苦海，又哪裡不是苦海呢？

然而他想不到，在青海湖畔，他竟然逃了出來，事後，他竟然發現，人們都說他已經「死」了。

這樣也好，那就隱姓埋名地生活吧。說實話，倉央嘉措那個名字，在他的心中早已經死掉了，活佛那個身分，他提都不願意再提，這兩樣，早就是他想擺脫而擺脫不掉的，此時，不用他再努力抗爭，命運就已經安排好，他再也不用爲它們煩心了。

於是，他從虛幻飄渺的佛國回到了多苦多難的現實，從縱情詩酒的浪漫世界來到了塵世煙火之中。當他脫掉了「活佛」的華麗袈裟，才真正感受到了普通人的樸實、純真和可愛……

是美好的民間給予他無私無畏的援助，幫助他解脫桎梏，重獲自由；

是善良的民間給予他無窮的關愛，幫助他在流亡之途上無數次化險爲夷，終獲平安。

民間，只有民間，才是真正美好和善良的。當他發現了這一真理後，當有一天回眸自己的生涯時，早年讀過的經文突然在耳畔響起——佛國，其實就在民間，這才是大愛的天下，這才是純潔的淨土。

跌宕起伏的人生閱歷真正啓發了倉央嘉措的心——佛是如此通達智慧，喻理圓通。人間苦難看得越多，倉央嘉措便悟道越深。大徹大悟的倉央嘉措歷經人生磨難之後，終於成爲一名誠心皈依、闡理精深的佛教大師。

於是，他不遺餘力地弘揚佛法，佈道四方。

他到過青、甘、川、藏，到過印度、尼泊爾，也到過蒙古草原。廣泛遊歷的見聞，大大開闊了倉央嘉措的眼界——原來真實的世界是這樣的，這樣的美好又豈是布達拉宮的金碧輝煌能裝飾出來的！

終於，生爲活佛的倉央嘉措，「在世」時做了一個不合格的活佛，而「死去」的倉央嘉措，脫胎換骨爲一個虔信佛法、普渡眾生的高僧。

一七四五年，六十四歲的倉央嘉措病逝於內蒙古阿拉善旗，讓人感動的是，他的懷裏一直揣著達娃卓瑪贈給他的一縷青絲……

故事是讓人感動的，也是可以繼續豐富、添加的，可是，真實的倉央嘉措到底是什麼樣？爲什麼在正史的記載中矛盾重重？這是民間故事無法解答的問題。

那麼，有沒有什麼蛛絲馬跡，能夠讓我們走近一個真實的倉央嘉措呢？

第二章 外現僧相內是俗

——倉央嘉措情歌之謎

1

無論倉央嘉措的身世如何撲朔迷離，無論六世達賴喇嘛的命運如何難以琢磨，至少在民間，人們是不喜歡思考這類事情的，大家記住的，只是作爲詩人的倉央嘉措。

一個歷史人物往往有三種形象：歷史形象，這是他的真實形象；文學形象，即他在文學藝術作品中的形象；民間形象，也就是他在民間百姓心目中的形象。作爲一位地方宗教集團的活佛，那個真實的歷史形象我們已經很難還原了。野史傳說中只保留了他的另外兩種形象：一是作爲文學形象的風流浪子宕桑汪波，他與瑪吉阿米之間的愛情故事，一直是通俗文學中著力渲染的話題；另一個是作爲民間形象的浪漫詩人，給我們流傳下了感情飽滿奔放的情歌。而這兩種形象的綜合體，完全遮蓋了他的真實面目，人們記不住那個政教領袖，完全不關心他的政教功績，只記住了那個風流倜儻、英年早逝的浪漫詩人。

也可以說，如果單純是一個風流的人，或者只是一個活佛、一個早逝的詩人，人們統統記不住，但如果「三位一體」，將有些神秘、有些浪漫、有些悲涼的因素組合在一個人的身上，人們就很快記住他並且津津樂道了。

舉一個很簡單的例子，在正史中記載，早逝的倉央嘉措雖然沒有大多數達賴喇嘛那麼高的佛學成就，但也留下了幾部宗教著作，比如《色拉寺大法會供茶如白蓮所贊根本及釋文》、《馬頭觀音供養法及成就訣》等，看樣子這並不是什麼大部頭的著作，畢竟他還年輕，沒到著書立說的年紀，這是可以理解的。但是，這至少還說明了他並不是對宗教事務完全沒有貢獻，也根本不是民間傳說中那樣對佛學研究絲毫沒有興趣。然而，人們記住而且傳誦的，只是他的另一種著作，也是他的「副產品」——《倉央嘉措情歌》。

目前情歌的輯本種類甚多，據我國藏族文學研究的開拓者佟錦華（一九二八～一九八九年）先生統計，集錄成冊的有「解放前即已流傳的拉薩藏式長條木刻本五十七首；于道泉教授一九三〇年的藏、漢、英對照本六十二節六十六首；解放後，西藏自治區文化局本六十六首；青海民族出版社一九八〇年本七十四首；北京民族出版社一九八一年本一百二十四首；還有一本四百四十多首的藏文手抄本，另有人說有一千多首，但沒見過本子」。

但這些版本之中，哪種可以視爲定本，都是個無法認定的事。各版本中作品的風格與手法都有不統一之處，內容與思想也多有矛盾，所以，這些情歌是否爲倉央嘉措所作，或者到底有多少是其所作，學術界尚無定論。

不過，按照學術界比較通行的意見，他的詩作大概有七十首左右較爲可信。多出的部分，有人認爲是別有用心的人爲陷害他而僞造的，還有人認爲，有些可能是後人採錄的民歌。

比如，倉央嘉措的詩作中有這樣一首：

自己的意中人兒，若能成終身的伴侶，
猶如從大海底中，得到一件珍寶。

而在近年出版的《西藏日喀則傳說與民歌民謠》一書中，收錄了民間流傳的一首：

日夜愛戀的情人，如能成終身伴侶，
哪怕是海底珍寶，我也把它撈上來。

很顯然，這兩首詩實際上是同一作品的不同版本，但現在我們根本不可能查出是倉央嘉措的詩流傳於民間，還是先有民歌而後被人收錄在倉央嘉措的集子裏。

問題是，在民間，後一首民歌是作爲藏族的情歌廣爲流傳的，寫的是青年男女兩情相悅的情調。這樣一來，如果是倉央嘉措創作在前，那他寫情歌的事實就沒爭議了，如果不是他寫的，爲什麼人們收到他的集子裏，還不是因爲他寫過，而且寫過不少？

總之，倉央嘉措寫情歌的「帽子」，結結實實地扣在他頭上，再也摘不下去。

也不怪民間傳說中有這樣的觀點，因爲，在倉央嘉措詩歌集子裏，表露感情更大膽、直接的詩作並不在少數。

比如于道泉先生翻譯的這一首：

我向露了白齒微笑的女子們的座位間看了一眼，
一人羞澀的目光流轉時，
從眼角間射到我少年的臉上。

從字面上來看，這首詩寫的是男女兩人眉來眼去、暗送秋波的事，如果出在一位活佛筆下，顯然是太不嚴肅；就算是出於普通詩人，也有輕浮之感，活脫脫一個浪蕩公子哥兒的形象。

但是，于道泉先生在翻譯之後，可是有一條注釋的，它標注在「我向露了白齒微笑的女子們的座位間」這一行上，說「在這一句中藏文有lpags-pa（皮）字頗覺無從索解」。這就是說，翻譯者承認，這首詩他也沒搞懂其中含義，甚至字面上的疑問也沒有解決掉。這在于道泉譯作中出現過幾次，有條注釋甚至乾脆說：「乃勉強譯出，這樣辦好像有點過於大膽，不過我還沒有別的辦法能使這一行講得通」。

這樣說來，第一，詩是不是倉央嘉措寫的，我們搞不清楚，第二，就算是他寫的，表達什麼意思我們也不清楚。如果這兩點我們都不清楚，怎麼一口咬定他寫的就是情詩，又怎麼判斷出倉央嘉措寫的是輕浮浪調呢？

這恐怕是我們心中那個民間形象在作怪，因為每個人都追求自由、渴望浪漫而且真摯的愛情、欣賞奔放無羈的個性，因此我們喜歡這位與眾不同的活佛；因爲我們認定了倉央嘉措是位風流浪子，所以我們習慣於將他的詩當作情歌。反過來，因爲我們認定了他寫的是情歌，所以更加喜歡這個追求浪漫自由的活佛。

這些因果關係就這樣互相糾結成一個循環，永遠也解不開了。

那麼，我們有沒有可能拋開他的民間形象，從他的真實歷史形象的角度重新閱讀一下他的詩呢？

2

實際上，一直以來就有學者做著這樣的工作，但是，和很多歷史謎題一樣，學術界的研究成果往往並不是所有人都感興趣的，它們在民間鮮活的傳說故事中，顯得曲高和寡。

比如，對於倉央嘉措的詩歌，有學者認爲，作爲一位出身宗教世家、受過嚴格宗教教育的宗教領袖，他的作品更多的是反映自己在缺乏人身自由、身受陷害的特定歷史背景下，懷念桑傑嘉措並抒發佛法修行方面的心得。也就是說，他的所謂「情歌」，實際上分爲兩種，一種可以叫做「政治詩」，抒發他處於政治漩渦中的矛盾心情和厭倦情緒；一種可以叫做「佛法詩」，記錄他學佛的感想、修持的心得。這兩樣，顯然都與「愛情」無關。當然，有可能也存在第三類，那就是在日常生活中有感而發的「生活詩」，但學者也認爲不宜從情欲方面解讀，至於那些現在看不明白的詩，則需要具備一些佛教知識和藏傳佛教修持工夫的人才能理解。

當然，這樣的說法，假設和猜測的成分極大，對於大部分人來說，在無法掌握藏文和倉央嘉措詩作原本的情況下，只能通過漢譯本來理解。然而，從漢譯詩作的字裏行間中，也能尋找到以上幾種說法的蛛絲馬跡。

目前倉央嘉措詩歌漢譯本中，比較普遍的有兩種，一種是絕句體，主要有曾緘的七言本和劉希武的五言本。

曾緘（一八九二～一九六八年），早年就讀於北京大學文學系，對古文學和詩詞造詣頗深，是國學大師黃侃的弟子。抗戰時曾任四川雅安縣縣長，是早期國民政府蒙藏委員會委員。一九二九年他在當時的西康省臨時參議會任秘書長時，就在民間搜集倉央嘉措的詩歌，後來，他看到了于道泉譯本，認爲翻譯的沒有文采，於是根據于譯本重新翻譯出《六世達賴倉央嘉措情歌》，發表於一九三九年。這個版本是現行漢譯古本中公認的成就較高的版本。不足之處是，他並不是從藏文直接翻譯的。

劉希武（一九〇一～一九五六年），曾投身軍界、教育界，是進步愛國的革命詩人，一九三九年，他翻譯出倉央嘉措的詩作六十首。不過，他對倉央嘉措的認識比較偏頗，認爲他「與南唐李煜何以異」？這說明他認爲倉央嘉措是個風流活佛，所以，其譯本文字比較「豔」，而且，對六首涉及佛教內容的詩他乾脆就沒翻譯。也許是曾緘譯本太過深入人心，劉希武的譯作影響力比較小。

漢譯本的第二種，就是常見的自由體，也就是白話詩。這種版本以于道泉先生的譯本爲代表，這也是開創倉央嘉措詩歌翻譯先河的版本。

于道泉（一九〇一～一九九二年），廿五歲便在國立北平圖書館擔任滿、蒙、藏文書的編目工作，多次用這三種文字發表專著和校勘佛經。建國後應胡適之邀，任北京大學蒙藏文教授，中央民族學院成立後又擔任藏文教授，同時受聘於國家圖書館擔任特藏部（善本部）主任，今天國家圖書館的大部分民族文字古籍都是于道泉先生採集來的。據說，他熟練掌握的語言有十三種之多。

由這個精通藏文和佛學的學者翻譯倉央嘉措的詩作顯然是沒有文字障礙的，但詩歌譯作和其他文體的翻譯相比，難就難在對詩的理解和把握上，于道泉是那個最合適的人嗎？

實際上，這個疑慮是絲毫不必要的，于道泉先生二十多歲時就在北大擔任俄國東方語文學博士鋼和泰的隨堂翻譯，教授的課程是梵文和印度古宗教史，而推薦他的人，就是印度詩人泰戈爾。如此年輕就受到泰戈爾的垂青，想必在詩歌領域也是出類拔萃的。

于道泉先生的譯本最初發表於一九三〇年，在上世紀八〇年代初，這個譯本再度出版時做過一些整理。

從以上的簡介可以看出，曾緘和于道泉的譯作應該是權威版本。兩者的特點在於，曾緘本仿古意，用詞考究，意象豐富，但劣勢在於絕句體束縛了民歌自由活潑的靈氣；而于道泉的自由詩譯本文字比較淺白，而且看得出，他比較尊重原文，多用直譯的手法，不過分追求辭藻，顯得自然流暢。

這樣，我們可以對比一首詩歌的翻譯，從中找出對倉央嘉措詩歌的不同理解方法。

1. **曾緘譯本**

心頭影事幻重重，化作佳人絕代容。恰似東山山上月，輕輕走出最高峰。

2. **于道泉譯本**

從東邊的山尖上，白亮的月兒出來了。「未生娘」的臉兒，在心中已漸漸地顯現。

（于道泉原注：「未生娘」係直譯藏文之ma-skyes-a-ma一詞，為「少女」之意。）

通過對比，我們發現，兩者雖然文字不同，但內容上顯然是一致的，區別在於于道泉將「少女」直譯爲「未生娘」。

或許是于道泉版本過於直白，而且有個「未生娘」這樣難於閱讀的詞，此後有人將其潤色如下：

在那東山頂上，升起皎潔的月亮，年輕姑娘的面容，浮現在我的心上。

就在幾年前，又有現代詩人重新「潤色」了一遍：

在那東山頂上，升起皎潔月亮。母親般的情人臉龐，浮現在我心上。

由此，我們可以看到，隨著時間的推移，被早期譯者理解的「佳人」、「少女」，被今人赤裸裸地翻譯成了「情人」。

這就是倉央嘉措的民間形象強大的影響力。由於民間流傳著倉央嘉措的風流故事，在很多人心中，他就是一個「不守清規」的浪子，因此，產生了這樣的奇怪現象，在「潤色」其作品的時候，用字用詞逐漸大膽起來。

這種譯法並不少見，流傳比較廣的還有另一位詩人的絕句七言本六十六首，其中，對這一首詩是這樣翻譯的：

東山崔嵬不可登，絕頂高天明月生。紅顏又惹相思苦，此心獨憶是卿卿。

同爲七言絕句版本，與曾緘先生的譯本相比，現代作品顯然撕掉了含情脈脈的面紗，尤其後一句的用詞，纏綿悱惻之意躍然紙上。如果說曾緘的譯本是苦於無法表白的「暗戀」，這個譯本彷佛已經是糾纏不清的「熱戀」了。

自由體的重譯也不甘落後，由於文體自由，所以文字越發張揚，比如某位詩人起名《千秋月》的版本：

月光挺起胸脯，聽到愛人的足聲從微風中傳來，
一簇一簇的露珠，回憶起愛人的灼熱……
猶如蝴蝶，心兒抖動起閃亮的翅膀，保密啊！
東山的溪水，披散著她的玲瓏，流蕩著我的心事……

這個版本比前者更「進」了一步，不是描摹情感上的糾纏，所用字眼分明讓人感覺到兩人已經發生了什麼了。

詩作越翻譯越精美，但問題是，于道泉先生早年提到的問題卻沒有解決。如果最早的譯本都出現了問題，後人根據這個有問題的版本「潤色」，再怎麼折騰也是有問題的。

這個問題就是「未生娘」。

統觀于道泉的譯本，一般來說，他比較有把握的譯本是沒有注釋的，幾乎所有的注釋都是在他感到有疑問而需要解釋，或者雖無疑問但擔心讀者會有閱讀障礙的地方，甚至有幾處直接挑明他能力不逮、無法翻譯的遺憾。

那麼，于道泉為何把藏文ma-skyes-a-ma一詞直譯為「未生娘」呢？

顯然，這個詞並不是一個常用詞，更不是藏語中「少女」的常見表達方法，雖然于道泉認為它是「少女」的意思，但斟酌再三，還是用直譯的方法造出了一個漢語中也很難解釋的「未

生娘」。爲了消除讀者的疑問，也爲了說明自己的譯法，他特地加了一條注釋。

或許是「未生娘」這個字眼實在讓人難以琢磨，於是，于道泉版本在流傳的過程中發生了兩種變化。

其一，將「未生娘」改爲「未嫁娘」，勉強可以理解成待字閨中的姑娘。

其二，乾脆不用「未生娘」這樣生硬的直譯詞，也不籠統意譯爲「少女」、「佳人」，乾脆就用音譯，於是出現了「瑪吉阿米」——民間傳說中倉央嘉措情人的名字。

3

無論故事如何流傳，無論詩作如何潤色，于道泉當年對ma-skyes-a-ma翻譯留下的問題依然存在，當他都無法確定自己的翻譯是準確無誤的時候，後人在此基礎上的肆意發揮顯然都沒有任何意義。

於是，讀懂「東山詩」的關鍵在於，ma-skyes-a-ma到底是什麼意思？

綜合很多人的觀點，我們可以確定這是個倉央嘉措自造的組合詞，拆分之後，「a-ma」是藏語中「媽媽」的介詞形式，而「ma-skyes」的意思有兩個，一是「未生」，一是「未染」；後者很可能是前者的引申義，用漢語來說，有聖潔、純真的意思。

那麼，如果採用「未生」這層意思，ma-skyes-a-ma直譯過來應該是「未生的母親」，這也許就是于道泉翻譯爲「未生娘」的來源。

但在藏族人民的心目中，母親又是女性美的化身，因此，如果採用「未染」這層引申意思，ma-skyes-a-ma又可以表示聖潔的母親、純潔的少女。值得注意的是，照著這個思路繼續引申下去，還可以表示「美麗的夢」。

而另一種說法雖然看起來有些可笑，但必須引起我們的重視，那就是：「ma-skyes」這個詞也是組合詞，在「生育」、「生養」一詞前面有個否定副詞，於是，可以意譯爲「未生」，但也可以直譯爲「不是親生」。這樣，ma-skyes-a-ma直譯過來就是「不是親生的那個母親」。

這種理解是不是太好笑了呢？並非如此，在漢語中也有類似的用法，比如，「未來」通常用來表示時間概念的「以後」，「未來者」顯然指的就是「後人」；可我們也要清楚，「未來」實際上也是個組合詞，是在「來」之前加了個否定副詞，可以表示「沒有來」，《北史・薛辯列傳》中有「汝既未來，便成今古，緬然永別」的句子，就是這個用法。由此，「未來者」三個字拆開後，曾在古人讀佛經時理解爲「腹中胎兒」，也就是「還沒有來到人世的人」。

在現代漢語中也有類似的詞，比如「不婚族」和「非婚媽媽」這種新概念，都是在「婚」之前加以否定，但否定之後分別是「不結婚」和「沒結婚」。所以，單純從語言上來說，關鍵問題是要理解否定的範疇。

那麼，「生育」、「生養」這個詞，加以否定後，表示「沒有生」是普遍都能理解的，但表示「不是親生」又有什麼不可以呢？

這樣，關於這個詞的解釋就明顯複雜了，不同的意思，直接影響到我們對詩作含義的理解。

首先，如果翻譯爲「純潔的少女」、「未嫁的姑娘」，則是訴說相思之苦的情詩。

其次，如果翻譯爲「美麗的夢」，則可以表達多種含義，最簡單的理解，是抒發倉央嘉措的生活情志，當然，也可以理解爲他在想念心上人。

那麼，翻譯爲「聖潔的母親」怎麼樣呢？任何人都可以體會到，這裏包含的意思太豐富了。但若完全直譯下來，又可以翻譯爲「不是親生的那個母親」，那指的又是誰呢？

在這裏，我們只能從創作的角度分析。在任何國家、任何民族的語言中，用來讚美「少女」「佳人」的詞兒都是一抓一大把，以倉央嘉措的才情，不至於另造一個生僻的組合詞。同樣的道理，表達「美麗的夢」似乎也不至於如此「另闢蹊徑」。

另外，從倉央嘉措詩作的創作風格上來看，總體特點是通俗、樸實。一個追求民間風味的創作者，斷然不會在個別詞上堆砌辭藻，更何況有現成的詞不用，非要另造一個？因此，「少女」和「美夢」恐怕不是倉央嘉措的原意。

那麼，他想表達的是什麼呢？

如果考慮到語言中的「雙關」用法，這個字謎就會漸漸解開了。或許，倉央嘉措就是爲了「雙關」而生生地造出了這麼個詞，它表面意義上是「純潔的少女」或「未嫁的姑娘」，實際上就是指「聖潔的母親」，或者乾脆就是「不是親生的那個母親」。

直接寫「少女」或者「美萝」，表達不出內心的真意，直接寫「母親」，又顯得太過直白，為了既能在字面上有美感，又能在含義中有深意，倉央嘉措不惜硬造了一個組合詞。

所以，關鍵問題是「聖潔的母親」或「不是親生的那個母親」到底指的是誰？

如果我們拋開倉央嘉措的民間形象，也就是說，我們不把他當作那個浪漫的詩人，而是回歸他的真實的歷史形象——活佛，那麼，他的身世和身分告訴我們，給他第二次生命的、能讓他完全以聖潔的母親來尊崇的，第一個是栽培他的桑傑嘉措，第二個只能是佛。

這樣，全詩的意思就完全變化了，它根本不是什麼靜夜裏懷想情人的情詩。如果那個「母親」指的是桑傑嘉措，它就是政治詩，表達對他的懷念，因為實在無法在政敵拉藏汗的眼皮子底下表露心跡，所以用雙關的手法造出這麼一個十分隱晦的詞；如果「母親」指的是佛，那就是佛法詩，寫的是他修煉的心得。

「政治詩」的說法是比較容易理解的，關鍵問題在於他對桑傑嘉措是懷念還是記恨，如果倉央嘉措像民間傳說中那樣反感、厭惡他，這個解釋就不太說得通了。關於兩人的關係，我們在後面會專門分析。

那麼，「佛法詩」的說法是否行得通呢？倉央嘉措半夜裏想佛又為哪般？

所以，我們又必須對詩的第一句進行重新定義。這就是說，第一句寫的不是時間、不是當時的環境，而是用類比的手法，寫出了想佛的過程。

也就是說，詩作實際上用了類似語言上的「倒裝」手法，表面上讀起來的順序是：東山上升起皎潔的月亮時，佛的影像出現在我的心頭。實際上，它的真實順序應該是：佛出現在我心頭的情景，就好像東山上升起皎潔的月亮。

因爲意象豐富的詩是不可能將句子結構、句子成分完全寫出來的，所以，前後句之間的關係是可以有多種解讀方法的，在「東山詩」的理解中，前一句可以不作爲後句的狀語，而成爲它的補語。

在這個理解方法上，曾緘的七言絕句翻譯的是準確的，他不僅將內容的順序調整過來，而且用了「恰似」這個詞，將含義完全表達清楚。

倉央嘉措究竟在做什麼呢？

如果瞭解一些佛教的修持方法，我們大概可以猜測出，倉央嘉措表達的是觀想時的感受和修持層次。

觀想是佛教的一項基礎的修持方法，這是禪定的入門功夫，在藏傳佛教和漢地佛教都存在，而藏傳佛教密宗更爲重視。簡單地說，這種功夫就是在頭腦中想像佛菩薩的樣子，彷彿閉上眼睛也看得到，越來越清晰，最後，佛菩薩與自己的身體意念完全重合。

倉央嘉措描繪的就是自己觀想時的過程。首先，「聖潔的母親」，也就是「佛」，出現在心頭意念中，但這個過程可不是容易的，曾緘的詩表達得比較充分，說是「心頭影事幻重重」。修持過禪定的人都知道，入定的最初是很難的，心頭雜念非常多，尤其是想在眼前出現佛的樣子，偏偏就出不來，即使出來了也模糊不清，想仔細看的時候，影像又沒了，還得重新來。

倉央嘉措形容的就是這個階段，但他很快就克服過去了，曾緘用「化作佳人絕代容」表示，于道泉用「漸漸地顯現」來描繪。那麼這個過程在倉央嘉措看來是怎麼回事呢？他解釋說，這就好像東山上升起皎潔的月亮。月光是純潔的，而且是寂靜的，很自然而且平和，「輕輕地」到了「最高峰」、「山尖」，一攬眾山小，結果就是懾服了心頭的魔障，再也不用「心頭影事幻重重」了。

這裏，倉央嘉措不但描摹了觀想的過程，也說明了觀想的方法，那就是不能硬來，不可強求，要隨心，就像月亮升起一樣安靜、自然。

這樣理解，難道我們還會將「東山詩」當作情詩嗎？

4

這樣的解釋是否可行呢？

只舉一個例子恐怕不能說明太多問題，我們只好試著再用同樣的方法閱讀其他作品。

先看曾緘先生的譯本：

1

入定修觀法眼開，祈求三寶降靈台。

觀中諸聖何曾見，不請情人卻自來。

2

入定觀修上師尊，心中偏偏不顯現。
不曾意想愛人臉，清清楚楚現在前。

這兩首詩實際上是一首兩譯，寫的都是觀想的時候，「諸聖」和「上師尊」，也就是佛菩薩的影像還沒有浮現在眼前，卻看到了情人，而且是「不請情人卻自來」。

這首詩，于道泉先生是這樣翻譯的：

我默想喇嘛的臉兒，心中卻不能顯現；我不想愛人的臉兒，心中卻清楚地看見。

可以看出，于道泉的版本是字面直譯的，而曾緘的版本是體現出一些含義的。這些含義，還得靠佛家的觀想方法來說明：觀修練到一定層次，不是看到佛菩薩，而是佛菩薩與自己合二爲一。所以，「不請情人卻自來」可以說是倉央嘉措修持觀想的一個心得，也記錄了他修持到了一個比較高的層次——此時的倉央嘉措，也許不用眼觀的辦法，而是可以在心裏很快地進入觀想的層次了，這就是「不請卻自來」、「不曾意想」表達的境界。

至於是「心中」重要，還是「眼前」重要，這個問題還是留給佛教界的人士解答吧。但無論答案是什麼，即使倉央嘉措此時的修行層次在佛家看來還不高，也只能說明這首詩記載了當時的他的修行心得，就像某位作家的早期作品，雖然不成熟，但卻記錄了他當時的水準。

我們還可以舉一個例子，于道泉先生的譯本：

若以這樣的「精誠」，用在無上的佛法，即在今生今世，便可肉身成佛。

這首詩在曾緘翻譯的時候，加了很多「文采」，又將「情人」這樣的字眼兒給弄出來了：

靜時修止動修觀，歷歷情人掛眼前。肯把此心移學道，即生成佛有何難。

按照于道泉先生字面直譯的翻譯風格，恐怕原詩裏是沒有「少女」這樣的詞的，但曾緘還是大膽地保持自己的「統一風格」，於是民間又會將這首詩當成情歌了。

爲什麼會當成情歌呢？原因有二：一、詩裏有「情人」的字樣；二、錯誤的閱讀邏輯。因爲倉央嘉措原詩恐怕是沒有「少女」字樣的，所以我們搞不懂曾緘譯本中的「情人」指的是女人，還是佛。不過，這都不要緊，無論它指的是什麼，我們都能從閱讀邏輯角度分析出它不是情歌。

按普遍的閱讀邏輯，「靜時修止動修觀，歷歷情人掛眼前」是個時間上的承接關係，翻譯過來就是：觀想的時候，情人卻浮現在眼前。這樣理解起來，前半句是後半句的時間狀語。意思很明顯，倉央嘉措不好好修持，表面上在那兒裝樣子，心裏想的還是情人。

而如果我們用另一種句法解釋，就可以得出完全迥異的結論，這個辦法就是將後半句當作前半句的補語，翻譯過來應該是——「靜時修止動修觀」，就好像「歷歷情人掛眼前」。

這說明了什麼？恰恰說明倉央嘉措將修持時刻放在心頭，時刻惦念不忘。

這樣的解釋，秘密隱藏在上半句中，「動」，說的是不僅僅打坐的時候要修持，行動的時候也要時刻不忘、時刻精進，就好像談戀愛的人時刻把情人掛念在心頭一樣，這樣才可能有大成就。所以下一句就說，要是這樣的話，就可以即身成佛了。這裏需要指出藏傳佛教和漢地佛教的一個區別，漢地佛教一般來說，主張的是修持多少劫、多少世才可以成佛；而藏傳佛教追求的是今生今世就能成佛，也就是即身成佛。

調整了閱讀邏輯，我們發現，哪怕「情人」指的就是個女人，也說明倉央嘉措此詩是佛法詩，焉知他不是在勸導世人：求成佛和世間談戀愛異曲同工啊，都要念念不忘、魂牽夢縈才能成功呢。

如果「情人」指的不是女人，是佛呢？那麼我們就又有新的發現了。

此時，前一句上下半句之間，就不應該考慮定語和補語的問題，而應該成為並列關係了。「靜時修止動修觀」在古漢語裏不是「靜該怎樣」、「動該怎樣」兩件事，而是將「動靜」和「止觀」拆開寫了，這在古漢語中是常見的結構方法。因為我們實在無法單獨地分析「止」和

「觀」，它們應該是一門功課——「止觀」，這是一切禪定的精華，佛家的必修功課，觀想便是其中的要義。

那麼，整句翻譯過來就是：無論是行動還是打坐都要修持止觀，無論什麼時候都要把佛菩薩掛在心頭，這樣精誠用心的話，即身成佛是可行的。

通過這樣的解讀，我們發現，以上列舉的三首倉央嘉措的詩，都是佛法詩，和愛情根本沒有任何關係，所有詩作中出現的「情人」字樣，如果理解爲「佛」，含義就完全變化了。

那麼，理解爲「佛」是否可行呢，這是強詞奪理，還是原意如此呢？

舉一個很簡單的例子，在曾緘譯本詩作中有這樣一首：

意外娉婷忽見知，結成鴛侶慰相思。
此身似歷茫茫海，一顆驪珠乍得時。

按照世俗化的理解，這是一首「情歌」，表達的是與意中人心心相印的渴望和驚喜，情義兩心知就好像在大海中撈到珍寶一樣令人心動，這裏當然也有難得、幸運的含義。

需要注意的是「娉婷」這個詞，在這首詩裏怎麼看都是「情人」的意思，但是，如果仔細翻閱曾緘本的其餘譯作，我們還能發現一首：

為豎幡幢誦梵經，欲憑道力感娉婷。
瓊筵果奉佳人召，知是前朝禮佛靈。

這裏同樣用了「娉婷」這個詞，而這個詞在這首詩裏，指的就是佛。曾緘先生沒詞可用了嗎？爲什麼兩首詩出現同一個詞呢？難道不可能是他有意爲之嗎？既然後一首詩裏「娉婷」指的是佛，那麼，前一首詩裏爲什麼就不能是呢？這首詩怎麼就不能表達倉央嘉措對佛法求之不易的感嘆呢？而「娉婷」是佛，「少女」、「佳人」、「情人」怎麼就不能是佛呢？

如果說上面幾首詩，內容本身和用詞上都涉及了佛法，其義一見就明，如此解釋也容易讓人接受，那麼，有沒有那種「公認」的愛情詩，在原本裏沒有出現宗教字眼的詩，其實一直被我們誤讀呢？

倉央嘉措的「情歌」中，流傳最廣的是這一首：

第一最好不相見，如此便可不相戀。
第二最好不相知，如此便可不相思。
第三最好不相伴，如此便可不相欠。
第四最好不相惜，如此便可不相憶。

第五最好不相愛，如此便可不相棄。
第六最好不相對，如此便可不相會。
第七最好不相誤，如此便可不相負。
第八最好不相許，如此便可不相續。
第九最好不相依，如此便可不相偎。
第十最好不相遇，如此便可不相聚。
但曾相見便相知，相見何如不見時。
安得與君相訣絕，免教生死作相思。

不知道這個版本是從何而來，在于道泉先生的譯本中，只有前面兩句：

第一最好是不相見，如此便可不至相戀；
第二最好是不相識，如此便可不用相思。

這兩句詩曾緘先生的譯本是這樣的：

但曾相見便相知，相見何如不見時。

安得與君相訣絕，免教生死作相思。

無論怎麼看，這兩句詩都是寫愛情內容的，無論古體版本還是自由體版本，在翻譯上保持驚人的一致。但值得注意的是，于道泉在此詩之後，還有行注文，說：「這一節據藏族學者說應該放在廿九節以後」。他所說的第廿九節是：

寶貝在手裏的時候，不拿它當寶貝看；寶貝丟了的時候，卻又急得心氣上湧。

這段詩曾緘翻譯爲：

明知寶物得來難，在手何曾作寶看。
直到一朝遺失後，每思奇痛徹心肝。

如此說來，最好不「相見、相知、相思」的，是一個「寶貝」或「寶物」，那麼，這是指情人，還是別的什麼東西呢？

即使沒有第廿九節的前提，「相見、相知、相思」的就一定是一個女人嗎？

於是有人通過對照藏文原文，直譯如下：

第一最好不發現，免得不由迷上它；

第二最好不諳習，免得以後受煎熬。

這樣一來，這個「寶貝」，就很有可能指的是佛法，或者是一種我們搞不清楚的藏傳佛教的修持法門，它抒發的是倉央嘉措癡迷佛法、欲罷不能的感覺。

實際上，可以進行類似解讀的詩作比比皆是，如果我們還原倉央嘉措的真實歷史形象，對這些詩作的理解就可能發生根本性的轉變。只不過，他的民間形象太深入人心，以至於在翻譯這些詩作的時候，譯者也只好按照情詩來定「基調」。

比如曾緘，在發表他的七言絕句體漢譯本的同時，還創作了一首《布達拉宮辭》，這首長詩轟動海內外，成爲當時的普通百姓瞭解風流活佛、街談巷議他的浪子行爲的最佳版本。

在這首長詩中，有這樣的句子：「秘戲宮中樂事稠」。任誰都知道，在幾乎所有的民間文學作品中，這樣的字眼，只能烘托出一個貪淫好色、穢亂後宮的昏君形象，民間最有代表性的就是隋煬帝，但是，有誰正面評價過他那些光輝的歷史功績呢？

同樣的道理，這樣的辭彙用在倉央嘉措身上，人們心目中也就自然將他想像成風流浪子，但又有誰想過，他很可能是一位有政治雄心並且精研佛法的活佛呢？

這就是由一個文學形象塑造、流傳出來後轉變爲民間形象的典型事例。而根據這樣的民間形象，便有好事文人繼續創作出尺度更大膽的文學形象，如此流傳下來，倉央嘉措在民間便逐漸被定格爲一位浪子活佛；他的詩，也自然成爲表達相思之情的愛情詩了。

事實上，有專家曾指出，倉央嘉措的詩歌是在表達自己對修行的理解，他的詩歌從密宗角度出發，全能做出宗教上的解釋。

值得注意的是，《倉央嘉措情歌》原文的題目是「倉央嘉措古魯」，而並非「倉央嘉措雜魯」。在藏語裏，「雜魯」是有規範的，「雜」是名符其實的「情」；而「古魯」的含義是「道歌」，也就是說，我們所說的「倉央嘉措情歌」，在作者的原意中，或許是有勸誡意義的宗教道歌，學術著作中一直堅持翻譯爲「倉央嘉措詩歌」，是比較嚴肅和客觀的譯法。

既然他的詩歌不是情歌，那麼，他談戀愛、有情人的說法是不是真的呢？他還是不是那個民間形象中風流倜儻的浪子活佛呢？

第三章　此生雖短意纏綿

——倉央嘉措生活放蕩之謎

1

在倉央嘉措富有傳奇色彩的一生謎團中，有兩大問題是一直困擾學界、至今沒有定論的，作爲他的政敵，拉藏汗對這兩點的總結簡直是精闢到家了：一、「耽於酒色，不守清規」，二、「是假達賴，請予廢黜」。

「耽於酒色，不守清規」這一條，是說他的生活，由此引出的問題是他的生活是不是放蕩不堪，是不是有個秘密情人？他本人是不是風流倜儻的浪子，他的詩是不是情歌？

「是假達賴，請予廢黜」這一條，直接導致他的「死亡」迷蹤：是不是被誣陷而死？死於什麼時間？這其中又發生了什麼？

如果我們把這兩條分開來看，就勢必要將倉央嘉措一生謎團分開來分析，這一分解就形成了「生活」與「死亡」兩大問題。然而，這兩條之間的聯繫，爲什麼不可以琢磨一下呢？如果找到它們之間的關係，兩大問題是不是能夠找到相同的解釋方法呢？

如果仔細分析兩條之間的關係，我們會發現，它們的聯繫就是在錯誤觀念下產生的錯誤邏輯。

在民間普遍的理解中，倉央嘉措死於什麼原因呢？從正常的情理和心理角度出發，康熙皇帝要求將倉央嘉措「執送京師」，不可能是因爲他「不守清規」，這是枝節，主要的大罪是在「是假達賴」。

於是問題就出來了，做出「是假達賴」這種結論的前提，究竟是什麼？

拉藏汗好像是在說，因爲倉央嘉措生活不檢點，所以是假達賴。

可仔細分析起來，這是個倒因爲果的混帳邏輯：一個人因爲「是假達賴」，所以「不守清規」，這樣的因果關係是說得過去的；但反過來，因爲「不守清規」所以「是假達賴」，這個因果關係不成立。公平地說，只能說這是個不合格的達賴喇嘛，而沒有充分的證據認定他是「假」的，此時需要的是規勸和教育，而不是「請予廢黜」。

而這種混帳邏輯能輕易地蒙混過關，無非是出於人們心中的一個錯誤觀念——活佛不是普通僧人，普通僧人「不守清規」叫做「花和尚」，卻不能叫做「假和尚」，可活佛天生就應該是「守清規」的，否則那還叫活佛嗎？實際上這又是一個混帳邏輯，五世達賴喇嘛利用蒙古和碩特部的軍隊，消滅了威脅格魯派的三股地方政治勢力，建立格魯派政權，地方稅收歸格魯派所有，此後又一步步地奪回和碩特蒙古在西藏的權力……動用軍隊、收稅、政治陰謀，哪一樣是「清規」？

所以，守不守清規不是判斷達賴真假的依據，「守清規」是一種對僧人的道德要求和行爲規範，但不能用來當作評判真假的標準。這樣說來，康熙皇帝如果認爲倉央嘉措是「假達賴」，實際上是沒有充分理由的。

那麼，將這幾句話調整一下順序，我們會發現更赤裸裸的陰謀出現了。

調整之後的話是這樣說的：因為他「是假達賴」，表現在「耽於酒色，不守清規」上，所以，「請予廢黜」。看起來有理，可仔細一琢磨，這句話卻是不折不扣的強盜邏輯，它實際上就是在一口咬定「是假達賴」的事實，連原因都沒有，只不過列舉了一下外在表現。

一個沒有充足理由的結論，那不就是「莫須有」嗎？

所以，無論這幾句話如何排列組合，我們都會得出一個相同的結論：如果康熙真的以「是假達賴」為由將倉央嘉措廢黜，實際上這就是個冤案；冤就冤在「耽於酒色，不守清規」是個文字障眼法，它能激起人的反感和憤怒，改變人思考事件的情緒，卻不能為事情定性。

如果人們用感情好惡來給身邊的人和事定性，這不是冤枉是什麼？

從這個意義上來說，「不守清規」是個靠不住的罪狀，「是假達賴」是個靠不住的罪名，只不過它們的組合效果比較好罷了。這實際上就是拉藏汗的用心，他確實是個聰明而且陰險的人，因為他懂得人在什麼情況下會忘記邏輯、失去理性。

而康熙皇帝顯然要比拉藏汗更明智，他何嘗不明白這個文字障眼法的奧妙，又怎麼能中了拉藏汗的文字圈套？所以，在正史材料裏幾乎找不到他對「不守清規」的追查和評價。可以說，倉央嘉措沒有「死」在「不守清規」上，康熙是不關心這事的，所以也不會相信拉藏汗所說的結論；由此他更不是「死」在「是假達賴」上。

倉央嘉措的「死因」另有其他。

這樣，我們找到「耽於酒色，不守清規」、「是假達賴，請予廢黜」之間的邏輯關係後，就將倉央嘉措的生活與死亡兩大問題聯繫在一起了，它們不是分割開的，而是可以聯繫在一起分析的。

那麼，倉央嘉措到底是不是「耽於酒色，不守清規」呢？這是拉藏汗的一面之辭，還是他有什麼小辮子抓在拉藏汗的手裏呢？而他的真實生活和他的死因又有什麼關係呢？

2

關於倉央嘉措私生活放蕩的記載，實際上少得可憐，而且正史資料並不充分。歸類起來，有如下幾種：一、《列隆吉仲日記》中的記載，這幾乎是唯一的正面記載；二、拉藏汗的奏報，不宜採信的一面之辭；三、五世班禪的自傳記載，容易產生附會的正史材料；四、倉央嘉措的詩歌，民間普遍附會的材料。

如果仔細分析這幾類材料，我們會發現，說倉央嘉措生活放蕩的根據幾乎都不成立。

首先，《列隆吉仲日記》中的記載，原文大意是：「倉央嘉措在布達拉宮內身穿綢緞便裝，手戴戒指，頭蓄長髮，醉心歌舞遊宴。」將此文作爲史料證據的是于乃昌教授的《倉央嘉措生平疏議》，發表於一九八二年的《西藏研究》上；此外，王堯先生的《第巴桑傑嘉措雜考》一文中也有類似說法，只不過他說此段文字記載在「列隆大師的筆記中」，該文載於一九八〇年《清史研究論集》中。

王堯先生是中央民族大學藏學教授、中國佛教文化研究所特約研究員，是我國著名的藏語研究權威，也是于道泉先生的弟子。從時間上看來，他對「列隆大師」著作的引用在前，而其後，西藏民族學院語言文學系于乃昌教授更明確了「列隆大師的筆記」實爲「列隆吉仲日記」。

然而奇怪的是，如此重要的關於倉央嘉措放蕩生活的正面記載史料，在其他學者的研究中卻不見出現，這個「列隆吉仲」到底是誰，他的日記或筆記到底是怎麼樣一本書？史家對這一記載是如何評價的？這些問題都解答不了。

如果沒有《列隆吉仲日記》的正面記載，其餘的三種記載，似乎都靠不住了。

其二，拉藏汗奏報，是他在「不守清規」的前面赤裸裸地加上了「耽於酒色」四個字。問題在於，拉藏汗是倉央嘉措的「政敵」，對立方提出的說法究竟能有多大可信度，是很值得懷疑的。

而在文獻記載中，這件事實際上是這樣的：拉藏汗處死桑傑嘉措後，開始對倉央嘉措下手，他首先斥責倉央嘉措不守教規，繼而召開格魯派上層高僧會議，企圖從宗教內部事務的角度達到廢黜倉央嘉措個人目的。但是參加會議的格魯派上層僧侶大多數並不懷疑倉央嘉措的達賴喇嘛身分。一計不成，拉藏汗只好奏請康熙皇帝，乾脆挑明了說他「是假達賴」。

從這裏可以看出，拉藏汗對倉央嘉措私生活的指責，是沒有獲得格魯派僧人們的贊同的，僧人們認爲倉央嘉措僅僅是「不守教規」，是「迷失菩提」。然而整個事件的發展是操控在拉藏汗手中的，他首先將「不守教規」衍變為「不守清規」，再將「不守清規」擴大化為「耽於酒色」，這完全是他一意孤行、霸王硬上弓，因為任何人都明白，這三者之間是絕對不能劃等號的。

那麼，倉央嘉措的「不守教規」是怎麼回事呢？這就是第三類記載——五世班禪的自傳。這本自傳記載了一七〇二年六月的一個事件，當時，倉央嘉措確實生活懶散，且喜好遊樂。桑傑嘉措反覆規勸，並督促他身邊的人嚴格管教，同時，還給五世班禪寫信，請他以師父的身分管教一下。恰好這時，按照以前的約定，桑傑嘉措安排倉央嘉措去日喀則的札什倫布寺，由五世班禪給他授比丘戒。

當時，五世班禪建議倉央嘉措為全體僧人講經，但他拒絕了。五世班禪又勸他受比丘戒，他又不肯。傳記中說：

（倉央嘉措）皆不首肯，決然站起身來走出去，從日光殿外向我三叩首，說，「違背上師之命，實在感愧」，把這兩句話交替說著而去。當時弄得我束手無策。以後又多次呈書，懇切陳詞，但仍無效驗。（倉央嘉措）反而說：「若是不能交回以前所授出家戒及沙彌戒，我將面向札什倫布寺而自殺，二者當中，請擇其一，清楚示知。」休說受比丘戒，就連原先受的出家戒也無法阻擋地拋棄了。最後，以我為首的眾人皆請求其不要換穿俗人服裝，以近事男戒而受比丘戒，再轉法輪。但終無效應。

這段文字出於五世班禪大師的自傳，是當然的正史材料。按照一般的理解，它是倉央嘉措生活放蕩的旁證，可是，在《列隆吉仲日記》來路不明、拉藏汗的說法不可信的情況下，旁證有什麼用呢？人們相信這條證據，無非是這段材料是五世班禪寫的，史料價值更高。

但是，如何讀它卻是非常關鍵的問題，不同的解讀方法，得出的結論完全不一樣。

其一，這段文字只不過記載了倉央嘉措不願意受比丘戒、而且希望將以前受的戒放棄，這是宗教事務上的事，怎麼能作為生活放蕩的證據？實際上是人們在臆測，他受了戒之後思想和行動受到了限制，不方便私會情人、喝酒遊樂。可是，臆測的東西，能當作證據嗎？

同時，我們立刻會意識到第二個問題：如果他真的嚮往世俗生活，幹嘛不乾脆連活佛都不當了，這豈不痛快？從五世班禪的文字中可以看出來，即使是放棄了出家戒，也可以繼續受比丘戒的，還是可以繼續活佛生涯的。雖然此時的倉央嘉措沒有選擇這種折衷方案，但不代表他不想當活佛。

其三，是這段話中最大的誤解和附會：五世班禪勸倉央嘉措不要穿俗人服裝。這段話很容易讓人理解為他以前在布達拉宮就開始穿俗人服裝了，就像《列隆吉仲日記》中說的「身穿綢緞便裝，手戴戒指，頭蓄長髮」等等俗人打扮，既有正面記載，又有側面印證，以此，人們可以將這段細節作為其生活放蕩的證據。可是，有沒有可能是這樣的情況：《列隆吉仲日記》的記載，就是因為五世班禪這段話而編造出來的呢？

而這段話其實還有另一種讀法：五世班禪眼見倉央嘉措放棄出家戒，非常擔心他穿俗人衣服，所以文字上用詞是「請求其不要換穿」，而不是他已經穿了勸他別再穿。

聯繫上下文並結合佛教儀軌，這種理解應該是更準確的。在佛教中，近事男就是優婆塞，也就是我們通常說的「在家居士」，平時可以穿俗人衣服，但在重要的佛教活動中是要穿規定的衣服的，這就是漢族地區通稱的「海青」。五世班禪此時的意思是，倉央嘉措雖然執意放棄了出家戒（**也就是沙彌十戒**），但希望他保持自己的近事男戒（**即居士五戒**），如果不換俗人服裝，也是可以繼續受比丘戒的。

此外，從這段文字上來看，倉央嘉措絕不是自絕於格魯派宗教集團，起碼他對五世班禪的禮敬還是恭謹、嚴肅的，要真的是一個放蕩不羈的浪子哥兒，哪還會「三叩首」、反覆說出「實在感愧」的言語？可以說，他對佛事是尊重的，只不過，他有他對佛教的理解。這種宗教理想，直接決定了他選擇什麼樣的生活，而這種宗教理想又是不能明說、說了也不被人接受的，現實生活與宗教理想之間的格格不入，最終讓他爲此付出生命的代價。

那麼，他的宗教理想是什麼呢？他的現實生活與這種理想發生了什麼碰撞呢？這就有必要分析關於他生活放蕩的第四種證據——他詩歌中透露的「生活細節」。

3

一般說來，一個人的作品多少能反映出來他的生活狀況和思想、情感變化，尤其是詩歌這種短小靈活的文學形式，適合在短時間內捕捉、記錄生活場景和內心所想。所以，對一個詩人的生平研究，從詩作角度入手是可行的，但是，這卻不是考量標準，尤其是不能從字面上理解。

比如，唐朝詩人朱慶餘的詩：「洞房昨夜停紅燭，待曉堂前拜舅姑。妝罷低聲問夫婿，畫眉深淺入時無？」如果按照表面意思理解，這就是寫新娘新婚後第一天的生活細節和一種新娘子特有的內心變化，完全是日常生活的情調。

難道，我們據此理解這是朱慶餘在生活中遇到的事情嗎？

實際上，詩的名字叫做《近試上張水部》，是詩人問前輩文人張籍，自己的文章是否能入考官的眼，能否中舉。

倉央嘉措的詩也完全屬於這類情況，如果僅僅從字面上理解，誤讀和誤解就非常明顯了，尤其考慮到少數民族詩歌善用借喻的手法和善於抒情的風格，以及倉央嘉措身為宗教領袖而非職業詩人的身分，從詩歌角度入手考量他的生平、從字面推測他的生活，確實不是太合適。

比如，在前文「詩歌之謎」中我們提到過的一首「東山詩」：

心頭影事幻重重，化作佳人絕代容。恰似東山山上月，輕輕走出最高峰。

于道泉譯本為：

從東邊的山尖上，白亮的月兒出來了。「未生娘」的臉兒，在心中已漸漸地顯現。

解讀這首詩的難點是「未生娘」，它通常可以表示聖潔的母親、純潔的少女、未嫁的姑娘和美麗的夢，而如果按照字根意思，還可以勉強翻譯為「不是親生的那個母親」。在前文，我們分析這首詩是首「佛法詩」，那個「不是親生的母親」是指佛，但是，它也很可能是首「政治詩」。相應的，這個詞指的就是桑傑嘉措，那個栽培他、給他第二次生命的監護人，而不是什麼情人。

這樣說有什麼依據嗎？

我們可以看另一首詩，這首詩在通行的《倉央嘉措情歌》中是找不到的：

白色睡蓮的光輝，照亮整個世界
格薩爾蓮花，果實卻悄悄成熟
只有我鸚鵡哥哥，做伴來到你的身邊。

難道這首詩也要被理解為愛情詩嗎？它的出處在一本叫做《倉央嘉措秘傳》的書中。這本書涉及到倉央嘉措「死亡」的問題，在後文分析他的「死因之謎」時，會專門提到它。

倉央嘉措這首詩寫的是什麼呢？在該書的記載中，倉央嘉措聽到了作者阿旺多爾濟的哭聲，聽出他是桑傑嘉措的轉世，後來寫了這首詩，表達的是對他與桑傑嘉措重逢的欣喜和對他不離左右、始終相伴的感激。因此，這首詩是不折不扣的「政治詩」。

那麼，「東山詩」爲什麼不能是懷念桑傑嘉措的作品呢？

如果詩裏的「鸚鵡哥哥」指的是桑傑嘉措，那麼，通行本的《倉央嘉措情詩》中還有這樣幾首：

1
孔雀來自印度東，工布深谷鸚鵡豐。
兩禽相去常千里，同聚法城拉薩中。

2
會說話的鸚鵡兒，請你不要作聲。
柳林裏的畫眉姐姐，要唱一曲好聽的調兒。

3
我同愛人相會的地方，是在南方山峽黑林中，
除去會說話的鸚鵡以外，不論誰都不知道。
會說話的鸚鵡請了，請不要到十字路上去多話！

這些詩裏的鸚鵡，指的又是什麼呢？難道真是民間傳說中洩露他私生活秘密的人嗎？

實際上，倉央嘉措詩作中，有很多詩既可以理解為「佛法詩」，也可以被理解為「政治詩」，它們並不是涇渭分明的，但卻不能理解為「情詩」，更不能作為他生活放蕩的證據。

我們可以做一個比較典型、也非常有趣的對比，倉央嘉措的詩中有這樣一首：

> 邂逅誰家一女郎，玉肌蘭氣郁芬芳。
> 可憐璀璨松精石，不遇知音在路旁。

此詩于道泉翻譯為：

> 邂逅相遇的情人，是肌膚皆香的女子，猶如拾了一塊白光的松石，卻又隨手拋棄了。

從字面上看，這是寫愛情情調的作品，似乎可以作為倉央嘉措生活放蕩的證據。

可是，我們可以與另外一段話做個對比，對比的結果是比較好笑的。需要說明的是，這段文字原本不是詩，但簡單地將它們分行，當「詩」讀一讀也滿有意思的：

黃金是從鐵砂中淘出來的
寶物是從蕪雜中提取的精華
用篩子取出寶物時
又怎麼能讓泥沙也摻雜進來呢

如果在這首「詩」中加入「女子」、「佳人」等比喻，與倉央嘉措的詩還有什麼區別呢？那麼，這段話的真實面貌是什麼樣的呢？它出於一六〇三年四世達賴喇嘛剃度時，噶瑪噶舉紅帽系第六世活佛給他的「賀信」，當時，噶瑪噶舉對格魯派是嚴重敵視的，這段話實際上是在貶低格魯派教義，將他們比作泥沙。

義大利學者杜齊在《西藏中世紀史》中認爲，「賀信」事件「成了紅黃教間不久猛烈爆發衝突的原因」，此後不久，兩派的鬥爭果然進一步升級。

所以說，這段話不是在抒情講道理，而是在政治挑釁。

由此看出，僅從詩作的字面上理解，便得出倉央嘉措生活放蕩的結論，是有失偏頗的。不過，有幾首詩確實不好解釋，它們的文意很明顯，描述很直白，似乎沒有另外解釋的方法。這幾首詩在曾緘先生的翻譯版本中是這樣的：

1

為尋情侶去匆匆，破曉歸來鑊雪中。
就裡機關誰識得，倉央嘉措布拉宮。

2

夜走拉薩逐綺羅，有名蕩子是汪波。
而今秘密渾無用，一路瓊瑤足跡多。

3

布達拉宮之聖殿，持明倉央嘉措居。
夜訪拉薩逐綺羅，宕桑汪波亦是彼。

這些詩的內容都十分淺近，說的是在布達拉宮的倉央嘉措，夜裏偷偷溜出去，化名爲宕桑汪波去幽會情人，回來的時候在雪上留下了腳印，秘密就此藏不住了。

如果這些詩是倉央嘉措所做，顯然是他放蕩生活的親筆寫照，但仔細閱讀這幾首，卻會感覺到明顯與其他幾十首風格迥異，難道真是他的原筆原意？

有學者指出，目前倉央嘉措詩作中，有一些是拉藏汗爲了給他揑造罪證而僞作的，這種說法需要進一步的研究。但很明顯的疑問是，如果這真是倉央嘉措的原筆，他留下自己的「罪證」幹什麼？豈不是授人以柄？再說，如果真有膽量赤裸裸地承認自己生活放蕩，怎麼不見其餘記載？他本人都肯承認，難道外人還會爲尊者諱嗎？

通過以上的分析，我們明白，第一，文學作品的字面意義不適合當作實證；第二，這些詩作是否是倉央嘉措的原筆也未可知。

那麼，將它們作爲他生活放蕩的證據，能有多大的說服力呢？

然而，在民間，這些詩作的流傳範圍太廣，影響太大，人們不願意去細究詩作的含義，而是喜歡通過字面意思對它們進行「再加工」。

「再加工」的結果是什麼呢？比如，「東山詩」中音譯的「瑪吉阿米」，便被認定爲是一個女人的名字，她也就成爲倉央嘉措的情人。現在，在拉薩帕廓街東南角有一座土黃色小樓，這就是著名的「瑪吉阿米餐廳」，招牌上用藏、漢、英文赫然書寫著店名——「未嫁娘」。民間傳說，倉央嘉措就是在這裏幽會他的情人瑪吉阿米的。

同時，在其餘的詩中，人們還猜出了瑪吉阿米的身分——酒店的女店主，證據是「少年瑣碎零星步，曾到拉薩賣酒家」，「空女當壚親賜飲，醉鄉開出吉祥花」；繼而，在很多試探、彷徨、定情的詩句之外，人們找出了他們最終的結局——被瑪吉阿米的姐妹告發，「已恨桃花容易落，落花比汝尙多情」，「情人更向情人說，直到仇家聽得真」，最後，瑪吉阿米只好另嫁他人，「深憐密愛誓終身，忽抱琵琶向別人」，或者是神秘失蹤，「盜過佳人便失蹤，求神問卜冀重逢」，只留下長相思的昔日浪子。

這些故事，肯定都是典型的附會。

在字面意思上猜測，這還倒無所謂，對作品如何理解是每個人的自由，讀出什麼東西來也都是一家之言，非但無可指責，也還值得尊重。但通過他的詩作添枝加葉、惡意中傷，就太過無恥了。這種情況直到現在還層出不窮。比如以下文字：

他特意在布達拉宮外蓋了一棟單門獨院的房子，名叫魔宮。據說，性喜飲酒的倉央嘉措在做了達賴活佛後，專門去過一次扎日山，返回時帶來了藏雄酒釀酒人家族中的一名少女和她的媽媽，讓她們在拉薩開了一家酒館，以便使自己可以長期飲用。每當夜晚來臨，倉央嘉措用自己的鑰匙打開後門偷偷溜出布達拉宮，化名宕桑汪波，來到拉薩街頭，走進藏雄酒館開懷暢飲，和美麗的拉薩姑娘們調笑玩耍（甚至釀酒少女後來也成了他的情人），當第二天黎明曙光出現時，他才悄悄返回布達拉宮。是藏雄酒幫助倉央嘉措保持著旺盛的精力和體力，同時又激發了他的激情。

據說，倉央嘉措飲用的藏雄酒經過了專門的配製，他又加入了許多神秘的藥物，從而更增強了藏雄酒壯陽健身的功能，從而讓使用者可以在不喪失自己體能和精力的情況下保持性愛時間和效果，而且，這種改造過的藏雄養生酒還具有另一種功能，它可以使人練就類似道家房中術一樣的法術，即採陰補陽。

這段文字是一家保健酒廠家做的廣告文案，這個故事讓人直接將倉央嘉措想像成一個又酗酒又採花的活佛。反過來，這不恰恰也說明了關於倉央嘉措生活放蕩的故事，大多數是無恥的演繹嗎？

以上四項內容——《列隆吉仲日記》的記載、拉藏汗的一面之辭、五世班禪的自傳、倉央嘉措詩歌的附會，看起來都不可靠。但是一個非常值得注意的事情是，關於倉央嘉措生活放蕩的說法，曾經有一個「實物證據」——一縷女人的青絲。

「青絲」這個細節記載在倉央嘉措詩歌的另一個漢譯大家、中央民族大學莊晶教授的一篇文章中。該文提到，我國北方民族史專家賈敬顏（一九二四～一九九〇年）先生早年在阿拉善旗考察時，曾親眼見到過它。據說，在當地倉央嘉措留下了很多遺物，除了宗教器物之外，確實有這樣一縷頭髮。它現在還在阿拉善的南寺、也就是廣宗寺裏供奉。早些年，還曾在當地宗教展覽中展出過——當然，這個「物證」產生的前提是一七〇六年倉央嘉措沒「死」，後來輾轉雲遊到阿拉善旗終老。

那麼，這條頭髮到底是怎麼回事？真的是倉央嘉措情人的嗎？難道倉央嘉措至死都在懷裏揣著當年情人的頭髮，並帶到了棺材裏？

有意思的是，莊晶就是《倉央嘉措秘傳》的漢譯者。如果仔細閱讀該書第三章，就會看到如下記載：阿拉善王的女兒道格公主曾「將自己的髮絲積攢起來，做成一支精美的頂髻……與此相配的還有五佛冠，上下衣裳等全套服飾」，「全部貢獻」給倉央嘉措。

賈敬顏先生看到的頭髮，很有可能就是它。

這個事件，估計很多人還會浮想聯翩地附會一下：是不是那個公主對倉央嘉措有什麼朦朧的意思？在漢族地區，女子贈髮給男人，可一直是表示情愛的。如果按照漢族地區民間習俗來揣測，可就是大錯特錯了，用頭髮編髻供養，可完全是藏傳佛教裏的宗教事務。

舉非常典型的一個例子：藏傳佛教中開創活佛轉世制度的是噶瑪噶舉派的黑帽系，「黑帽」這個名稱是怎麼來的？

真實的歷史是，一二五六年，噶瑪拔西卻吉受到元朝憲宗皇帝賞賜的黑色僧帽一頂，並欽定其爲前輩大師都松欽巴轉世，由此，拔希卻吉追認都松欽巴爲第一世活佛，稱自己是第二世，於是開創了藏傳佛教的活佛轉世制度，形成了噶瑪噶舉派的黑帽系。

但在藏傳佛教的傳說中卻不這麼記載，它說的是都松欽巴剃度時，智慧空行母和上樂諸神給他戴上了一頂黑帽，這帽子就是十萬俱胝空行母用頭髮編成的。

顯然，道格公主用自己的頭髮做供養，就是遵照這個傳說而來的，是一樁非常嚴肅的藏傳佛教宗教行爲。這縷頭髮，絕非倉央嘉措早年情人的定情之物，也絕非後來公主的示愛之物，所謂的「物證」，其實也很不可靠。

4

既然四種書面證據和一項物證都不可靠，那麼，倉央嘉措的真實生活究竟是什麼樣子的呢？

我們可以將倉央嘉措的生活時間分為兩段，分割點就是一六九七年、一六九八年。也就是他被正式冊封為第六世達賴喇嘛前後。在此之前，是他的童年、青少年時期，有一定的史料記載；在此之後，是他的達賴喇嘛時期，私生活方面幾乎沒有正史記載。

倉央嘉措童年、青少年時期，在民間的傳說中是在家鄉過的，而且有一個青梅竹馬的女友，這女友後來跟隨他到了拉薩，成為他的情人——這些傳言基本上都不可能。

一六八三年，倉央嘉措出生在西藏門隅鄔堅林寺附近的一個農民家庭。關於他屬於什麼民族，大多數學者認為是藏族；但于乃昌先生在《倉央嘉措生平疏議》中認為屬於門巴族。這個觀點，其價值在於有助於確定倉央嘉措的家庭信仰背景，因為門隅地區的門巴族人很有可能是信奉寧瑪教義的。

信奉寧瑪教義跟生活有什麼聯繫嗎？首先，寧瑪派是可以娶妻生子的，它的早期傳承方式就是父子相傳，這與早期寧瑪派沒有寺廟組織、走家串戶宣揚教義的傳播方式有關。其次，寧瑪派對密法修持比較重視，而早期又受到印度左道性力派的一些影響。所以，很多人錯誤地認為寧瑪派的主要修持方法就是所謂的「雙身」、「雙修」。

如果倉央嘉措的家庭信仰是寧瑪派，他的一系列放蕩的生活就有了所謂的「理論根據」。

另外，于乃昌和一些國外研究者還認為，五世達賴喇嘛和桑傑嘉措也是信奉寧瑪派的，他們想要恢復古老的寧瑪密法傳統，於是大力培養一個信奉寧瑪派的倉央嘉措。這種觀點有一些根據，比如五世達賴喇嘛在世時大力建造了多吉札寺和敏珠寺等寧瑪寺院，從此寧瑪派改變了沒有中心寺院、信徒組織比較分散的教派形式。

可這就能說明倉央嘉措成天搞「雙修」嗎？

以五世達賴喇嘛那樣的高僧大德，維護各教派之間的平衡、吸取其他教派的優點，就意味著他反對格魯派教義嗎？顯然不能這麼說。同樣，倉央嘉措確實學習過一些寧瑪派的經典，可縱觀歷史，幾乎所有有成就的藏傳佛教高僧都學過，難道所有大師都有生活問題嗎？既然答案都是否定的，爲什麼偏偏要給倉央嘉措「扣帽子」呢？事實上，就算寧瑪派允許所謂的密法，也絕不意味著允許放蕩，歷史上更沒有哪個寧瑪大師在這方面的負面記載。

關於倉央嘉措的族屬和早期信仰是可以研究的，但以此爲證據得出倉央嘉措生活放蕩的結論，顯然是過於草率。

而事實上，倉央嘉措很小就開始接受格魯派的教育了，就算他家信寧瑪派，他也沒怎麼受影響。

一六八五年，五世達賴喇嘛去世後的第三年，桑傑嘉措聽到了倉央嘉措出生前後的一系列「靈異」現象後，派人將他一家從鄔堅林遷居夏沃，暫住措那宗。據文獻記載，這一系列行動都是嚴格保密的，此後，靈童的一切生活都在格魯派僅有的四個人的照料之下，連他的父母也不得隨便接近。

一六八八年，靈童開始學習文字。據記載，他非常聰明，學習開始的當天，就掌握了三十個字母，並能上下加字、逐一拼讀。

一六九〇年，桑傑嘉措派出學問精深的高僧擔當靈童的經師，在當地的巴桑寺中，他開始正式學習佛法。

一六九一年，靈童開始給桑傑嘉措寫信，彙報學習情況，從這年的十月開始，他的學習任務更重了，見於記載的便有五世達賴喇嘛著的《土古拉》、仁蚌巴著的《詩鏡注釋》、《除垢經》、《釋迦百行傳》等。甚至，十歲左右的小靈童還完成了《馬頭明王修行法》一文的撰寫。

有意思的是，《詩鏡》是古印度的文藝理論著作。簡單來說就是講詩歌創作的一本書，它對藏族古典文學，尤其是詩歌美學產生了巨大的影響，其中有六百五十六首詩歌。也許《詩鏡》和《詩鏡注釋》正是倉央嘉措酷愛詩歌的關鍵原因。很多人不理解為什麼出家的人還要學文藝學，其實這正是佛教「五明」中的聲明，是一種研究文字、語法及音韻的學問，是僧人必須學習的。

一六九六年，康熙皇帝得知五世達賴已經圓寂、桑傑嘉措匿喪不報的事情，嚴厲責問。桑傑嘉措做出將靈童迎往拉薩的決定，但是對他的真實身分，此時還是內部公開但對外保密的。

一六九七年四月，靈童從措那啓程，前往拉薩，途中在浪卡子暫住。八月，桑傑嘉措公開了五世達賴喇嘛圓寂、靈童即將迎請到來的消息。九月，五世班禪受邀來到浪卡子，給靈童授沙彌戒，取法名為倉央嘉措。這期間，靈童的父親去世。

當年十月，倉央嘉措正式坐床，康熙皇帝派章嘉國師授予封文，正式認證他為六世達賴喇嘛。此後，五世班禪來到布達拉宮上了「第一堂課」，給他講了五世達賴喇嘛一生的巨大貢獻，鼓勵他勤奮學習。

一六九八年，倉央嘉措開始學習更多的經典，他的老師都是各教派的著名學者，精通多種學問的桑傑嘉措也親自教他。

關於倉央嘉措的學習情況，正史就記載到這裏，從一六八三年到一六九八年。

從這段記載中，我們可以看出幾個問題：

一、倉央嘉措並不是在家鄉長大的，而是從小就秘密搬遷，在格魯派的嚴密保護下成長，連他的父母都很難見到他。所以，很多民間傳說他在家鄉自由快樂地成長，是不可能的，同時，即使是他的父母信奉寧瑪派，也還來不及向他灌輸什麼。不過，有意思的是，靈童的父親去世時，恰好有兩位寧瑪派的活佛來探望靈童，確實是這兩位寧瑪派的高僧為他做了超度法事。

二、倉央嘉措從小就受到良好的佛教教育，從他的學習過程和進度來看，他的學習能力和提高速度都是不錯的。很多民間傳說說他從小就不喜好佛學，偏愛遊山玩水，還學了騎射，身負武功，而且年紀輕輕就風流倜儻等等，這些都不太可能。

三、從他的經歷來看，不可能有什麼青梅竹馬的女朋友。他的生活是在嚴密的監控和保護下的，哪裡去找女朋友？而且，從時間上看也不可能。如果真有這樣一個初戀情人，也只能是在一六九七年四月他從措那動身前往拉薩之前；因為此後他的身分逐漸公開化，是斷然不可能找女友的了。那麼，一六九七年他多大呢？十五歲。一個十五歲的小孩，在寺廟裏住，竟然已經談了好幾年戀愛了，這不是太好笑了嗎？

由此，可以初步判斷，至少在一六九八年坐床前後，他的私生活是不會出現什麼放蕩的事情的。那麼，住到布達拉宮之後，會不會真的搞出「夜會情人」的事來呢？

一六九八年到一七〇六年，他正式做達賴喇嘛這六年，關於他的私生活，正史裏是沒有記載的。

不過，學界的統一觀點是，在此期間，倉央嘉措確實有一些喜好遊樂的行為，在學習方面態度也比較懶散。為此，桑傑嘉措曾反覆規勸，督促他的老師和身邊侍從嚴格管教，但適得其反，反而使彼此間產生了嚴重隔閡。最終，導致了倉央嘉措拒絕比丘戒、要求放棄沙彌戒（出家戒）的事情來。

從正史記載的字裏行間來看，倉央嘉措的錯誤肯定是有的，使得格魯派上層僧侶認為他「迷失菩提」。但這種錯誤是不是半夜裏化名出遊、縱情酒色，甚至真有幾個情人呢？事實上，格魯派認為他「不守教規」，多半是指他拒絕受戒這件事情。至於生活方面，他也肯定是有些過失的，但未必到了眾叛親離的程度。

年輕人精力充沛、不喜歡枯燥的生活，這是可以理解的，年輕人有些「逆反心理」，對生活有自己的想法，不甘願聽從長輩的指揮，這也是正常的。從這個所謂的「情理」出發，民間普遍認爲，因爲倉央嘉措從小生活在家鄉比較自由的環境中，此時面對老邁而無趣的一大批老師、每天學習枯燥的經文，從年輕人的本性出發，採取了「對著幹」的態度。

然而，這樣的理解並不成立。首先，倉央嘉措從小就接受佛教教育，並不存在從自由環境到枯燥環境的不適應；其次，藏傳佛教僧人對上師是無比崇敬的，這種無條件的尊崇是不能用現代教育的師生關係來類比的；第三，幼年活佛的學習生涯確實比較緊張、壓力比較大，但也還不至於無趣到有如困獸的地步。

那麼，到底是什麼讓年輕的倉央嘉措不愛學習呢？他對學習是一種什麼態度呢？

目前，民間對倉央嘉措這一段的學習生活和日常生活有兩種說法：一、以桑傑嘉措爲首的老師們，嚴格監督他學習繁重枯燥的佛教典籍，對學習抓得很緊很嚴，這讓渴望自由生活的倉央嘉措產生逆反情緒；二、倉央嘉措沒有受到什麼正規教育，在布達拉宮裏純粹就是一個象徵性的擺設，所以，讓他感到「失望，學習也無益處」，而此時的桑傑嘉措忙於政務，醉心於攬權，教學上不太用心，卻總用老師的權威壓人，讓倉央嘉措對他心生不滿。

總之，兩者的結論都是倉央嘉措不喜歡學習、也不聽從老師教導。

然而，這樣兩種說法不是非常矛盾嗎？桑傑嘉措對倉央嘉措的學習，到底是管得嚴還是放手不管呢？

很多貌似矛盾的觀點，如果仔細分析一下，其實並不是那麼格格不入的。

對這一問題，實際上有第三種解釋：倉央嘉措不是貪玩不學，而是沒學到真正想學的，所以對當下的學習任務比較消極懶惰；桑傑嘉措不是不管，而是沒管到重點上，倉央嘉措想學的他不教、不管，不想學的他反而拚命教、管得嚴。造成的結果就是：倉央嘉措學習態度懶散，對老師的規勸也保留意見。

用現代的觀點來看，這就是在老師和學生之間，對培養方式和培養目的之間關係的理解產生了分歧。

此時，如果老師們教倉央嘉措另一門學問，用不到桑傑嘉措嚴格管理，他都會學得努力、用功，感到有趣有益。

問題是，倉央嘉措究竟想學什麼呢？桑傑嘉措為什麼不教呢？

6

我們必須明確的一點是，格魯派發展到清代，已經不是單純的宗教組織，它管理的不僅僅是宗教事務，而是由於宗教集團在地方事務上的特殊作用，成為一種有經濟產業、有組織機構、有政治權力的政教組織。這種宗教集團的領袖不但要在佛學上出類拔萃、在宗教事務上有絕對權威，在地方政治的處理能力上也要有相當的水準。

在這三者中衡量，佛學水準是對個人修為的要求，宗教事務處理能力是教派內部的要求，地方政治處理能力才是集團整體利益的要求。實際上，做不做一個佛學大師並不是很緊要的，比如，第三世、第四世、第八世達賴喇嘛，若論個人的佛學修為並不甚高，但政治貢獻非常巨大，像第五世達賴喇嘛這樣的個人、宗教、政務三者都突出的「學者型領導」，實在是絕無僅有的。

此時的倉央嘉措，學習的是什麼呢？大量的佛教經典。

此時的桑傑嘉措，嚴格教導的是什麼呢？也是佛教經典。

而在當時的政治環境中，各派勢力互相爭鬥，危機一觸即發，學習佛經，確實就是沒有用。

於是，我們可以設想一下兩個人當時的想法。

倉央嘉措的想法，是在紛繁複雜的政治局面中做出自己的貢獻，也就是參與政事，至於佛學，可以在日後慢慢學；至少在目前，並不是最緊要的。

目前沒有任何證據說明這一猜測是歷史的真實，但兩件事情值得注意：

第一，五世班禪給倉央嘉措受戒之後，給他講的第一個故事就是五世達賴喇嘛光輝的政治生涯，並勉勵他爲了眾生的幸福而努力。一六九八年的倉央嘉措，十六歲，深知五世達賴喇嘛生平的他，不會不知道他的前世在同樣的年齡做了什麼。一六三二年，格魯派在管理大昭寺的問題上發生內部矛盾，有的人提出借助蒙古人的武力，有的人提出借助當地政治勢力，是十六歲的五世達賴喇嘛做出了用宗教力量解決的決定，化解了一次危機。而這第三種方案，顯然不是一般的政治頭腦和政治經驗能夠想出來的，這是非常高超的政治技巧。這就是說，在同樣的年齡，五世達賴喇嘛已經參與政務了，而倉央嘉措連政務的門檻都沒邁進呢。

第二，此後倉央嘉措要求退還沙彌戒，可他卻沒有要求辭掉活佛的身分和職務，這意味著他並不想放棄政治權力。據此甚至可以有更為大膽的推測：倉央嘉措認為有出家戒在身，便不宜參與政治事務，否則才是真正的「不守清規」。於是，他要求暫時放棄出家但保留活佛身分，待他完成政治使命後好好地做一個真正的出家人。

而桑傑嘉措的想法顯然不是這樣的。

桑傑嘉措是要培養出一個偉大的宗教領袖，這包含兩方面，第一，他要求倉央嘉措努力學習佛教經典，做一個佛學精湛的大師；其次，不希望他過早捲入政治鬥爭，他要為倉央嘉措保駕護航，給他充足的時間學習，並為他日後執政掃清政治障礙。至於政治鬥爭的危險，還是自己擔了吧。

所以，他對倉央嘉措的佛學學習要求非常嚴格，但卻在政務上大權獨攬。到了後來，他眼見鬥不過拉藏汗時，不惜鋌而走險，為的就是孤注一擲，給倉央嘉措掃最後一個雷。

實際上，兩個人都有一個共同的心願，那就是要倉央嘉措做一個像五世達賴喇嘛那樣卓絕的政教領袖，桑傑嘉措尤其如此，他幾乎就是用五世達賴喇嘛的標準來培養倉央嘉措，但他也知道，五世達賴喇嘛的政治能力是從小摸爬滾打錘鍊出來的，而倉央嘉措還太嫩。所以，對這個心願的實現方法和過程，兩人有不同的打算：年輕氣盛的倉央嘉措躍躍欲試，而老成持重的桑傑嘉措小心謹慎；初生之犢的倉央嘉措想佛學、政治兩步走，而深知鬥爭風險的桑傑嘉措想先替他蹚政治渾水。

這樣的分析結論，與民間和一部分學者對桑傑嘉措的評價並不相符，很多人認爲，桑傑嘉措是個利慾薰心、權力欲極強的人，但若仔細分析他的生平，這樣的觀點是可以商榷的，因爲，他是受了五世達賴喇嘛「托後」的人，而他的作爲，是不折不扣地執行著五世達賴喇嘛生前的政治策略的，至於他們之間的關係，更可以說是中國歷史上少見的「君臣」典範。

一六五三年，桑傑嘉措出生於拉薩一個大貴族家庭，他的家族與五世達賴喇嘛出生的家族關係極爲密切，據說五世達賴喇嘛十幾歲的時候就經常出入他們家。這個家族爲早期格魯派政權的創建立下過其他人無法比肩的功勛。桑傑嘉措的叔叔赤烈嘉措更是很早就隨侍五世達賴喇嘛，忠於職守，深得信任，很多次五世達賴喇嘛患病，都由他貼身服侍，日常的事務也是他來處理。

桑傑嘉措八歲的時候被送到布達拉宮生活，五世達賴喇嘛對這個孩子非常喜歡，一六六八年他的叔叔去世後，五世達賴喇嘛親自教他多種學問，並有意培養他從政的能力，還利用自己的威望不斷提高他的政治地位。

有學者考證桑傑嘉措是五世達賴喇嘛的私生子，這在史籍中有隱晦的記載，確實也有可能。但無論他們的血緣關係如何，五世達賴喇嘛對桑傑嘉措寄予厚望、刻意培養，這一點是毋庸置疑的。

那麼，五世達賴喇嘛想做什麼呢？

這就是他一生中最大的政治理想，也是他最終沒有實現的願望，他想讓這個願望在桑傑嘉措和後世的倉央嘉措身上實現。也就是說，他此時在做以後的政治佈局，這盤棋能不能下得贏，晚年的他明知道自己看不到了，但這個棋局布得有必勝的把握，是他該做的。

這盤棋確實下了太長時間了。

一六四二年，五世達賴喇嘛聯合和碩特部蒙古的固始汗消滅了西藏的敵對勢力，一舉確立了格魯派集團在西藏的政教地位，但蒙古人這一來還就不走了，反而從格魯派原計劃中的「施主」變成了事實上的「領主」，形成了格魯派與蒙古人聯合統治的政治格局。這實際上等於消滅了一個地方勢力，又引來了另一個外族勢力，雖然日子好過多了，但還是沒有自己獨立的政治權力。

此後的五世達賴喇嘛，致力於收回各級官員的任免權、逐步限制蒙古人的政治權力。其中關鍵的問題就是第巴這個職位，這是和碩特蒙古勢力派往西藏地方政權中主持日常事務的官員，擁有在政務方面絕對的權力，可以說是一個「總理王」。

第一任第巴是索南熱丹，這人早年隨侍過四世達賴喇嘛，後來是五世達賴喇嘛的大管家，他在是否借助蒙古勢力的問題上是個主戰派，多次慫恿五世達賴喇嘛動用武力，而他也對蒙古勢力一味逢迎，是個不折不扣的親蒙古派，多少有點胳膊肘往外拐的意思。第一任第巴是固始汗親自任命的，而蒙古人肯定用傾向於自己的人，如此形成慣例後，政務大權就完全落在蒙古人手裏了，同時，索南熱丹當第巴時簡直就是利慾薰心，沒起到什麼模範帶頭作用，這讓五世達賴喇嘛意識到高級官員任免權的重要性。

索南熱丹去世後，由於固始汗早幾年已經去世，五世達賴喇嘛開始按照自己的意志任命第巴。他選擇的就是自己的堅定追隨者、桑傑嘉措的叔叔赤烈嘉措。爲了改變政治格局，他還限制了第巴的權力，使這個職位逐漸衍化爲達賴喇嘛的宗教活動助手。直到他親自培養的桑傑嘉措上臺後，他才放心地重新賦予第巴人事任免權。

第三任第巴叫羅桑圖多，原是五世達賴喇嘛身邊處理日常宗教事務的人，不過這人犯了點生活作風錯誤，和一位貴族小姐談上戀愛了，只好辭職，後來果真跟那位小姐隱居去了。

他卸任後的三年，五世達賴喇嘛就想任命此時已經廿三歲的桑傑嘉措。這次任命過程可謂用心良苦，本來，各地提出的候選人裏沒有桑傑嘉措，但五世達賴喇嘛說占卜算出他排名靠前，之後又反覆派人去勸說，並給他放寬條件、消除顧慮、掃清障礙；劉備請諸葛亮是一拍即合，可此時的五世達賴喇嘛更像是「懇求」。但桑傑嘉措很明智，他知道自己年齡不大、威望不高，百般推辭，實在無法了，反而推薦了羅桑金巴。這就是第四任第巴。

不過，羅桑金巴很快就患病不起，第巴的重任其實還真就落在了桑傑嘉措身上。三年任期到了之後，羅桑金巴堅決辭職，這時五世達賴喇嘛鐵了心讓桑傑嘉措上位，他說幾年前的占卜結果還有效，不必再推選候選人了，既然桑傑嘉措還有候選資格，而且當年也是「惜敗」，這次就直接任命算了。

但桑傑嘉措還是拒絕。

此後五世達賴喇嘛採取車輪戰術，多次派人去勸說，個人勸不成就集體勸，到最後實在勸不動了，乾脆自己親自出面。他的勸說很有意思，有這麼幾個層次：

一是以情感人，說自己老了，對你還有養育之恩，此時放下架子親自請你出山，就算以後你做錯事我也都不會批評你，看在這個情面上，你總不能百般拒絕吧。

二是以理服人，說你不是有出家學佛的心願嗎，有這個決心和願望是値得鼓勵的，但學佛是個漫長的過程，永斷輪迴之苦談何容易呢，既然實現不了，還不如先幫我兩年再說吧。

最後是以條件動人，說你不是覺得自己身體不行、怕耽誤工作嗎，那麼我放寬條件，允許你不上班，在家處理事情也可以，反正你得先就職。

話都說到這份兒上了，但桑傑嘉措還是拒絕。

最後，五世達賴喇嘛又派人做工作，並說出這樣的話：「不希望別人來承擔，只能死而後已，否則不想罷休……我衷心期望你接受這一任命，除非我不在人世。」這話其實就是說，你再不當，那就把我一個人活活累死算了，但就是這樣，我也想讓你當。

這次五世達賴喇嘛沒等桑傑嘉措拒絕，乾脆下發了任命狀。桑傑嘉措沒辦法，也就答應了。

爲了確保桑傑嘉措的政治地位，五世達賴喇嘛將他扶上馬之後還送了一段路，下發了一份文告，這份文告也是他的遺囑之一，書寫在布達拉宮的牆壁上，並按上了自己的手印。文告中有這樣的話：「桑傑嘉措與達賴喇嘛無異」。

如果以上這些還不足以證明五世達賴喇嘛對桑傑嘉措的信任，那麼，下面這個事件讀起來，就完全有中國歷史上皇帝托後、托孤的意味了，此事不但是兩位政治家的事業交接，其中的情感交織，簡直就是中國歷史幾千年中的君臣典範。

一六八二年，五世達賴喇嘛病重，正巧桑傑嘉措也生病了，他不顧自己的病體，反而派人帶口信給桑傑嘉措說：我的病吃了藥已經好轉，而你的病卻讓我很擔心，你安心養病，別為我擔憂。第二天，他還朝禮神像，為桑傑嘉措祈福消災。其實，此時的五世達賴喇嘛已經病入膏肓了，可他惦記的竟然是自己的接班人。

就在兩天之後，五世達賴喇嘛病危，他招來桑傑嘉措，撫摸著他的頭，叮囑他政教兩方面需要注意的事項，告訴他如何對待蒙古人，此外，還囑咐要對他的去世實行匿喪。

如此的知遇之恩，如此的悉心培養，如此的委以後事，怎麼能不讓桑傑嘉措銘記肺腑、全身以報呢？

他擔任第巴期間，確實做出了很多有利於西藏政治、經濟、文化、教育和宗教發展的巨大貢獻，若論個人政治能力，他也是當時無出其右的政治家之一了。

但他非常清楚的一點是，五世達賴喇嘛的遺願，是要清除歷史遺留問題，也就是當初和碩特蒙古幫著格魯派打天下、之後卻賴著不走、掌握大權的問題，他要做的最重要的事情，就是逐步削弱和碩特蒙古在西藏的政治影響，而他的政策是延續五世達賴喇嘛生前的政治思路的，所以才造成了後來大力扶持噶爾丹並百般為他開脫罪名的政治錯誤。然而就在他堅定不移地往下走的時候，和碩特蒙古出來個厲害角色——拉藏汗，在鬥不過的情況下，他選擇了魚死網破，最終身敗名裂。

至於匿喪，很多學者和民間傳說中認爲，這是桑傑嘉措利慾薰心、大權獨攬的表現，恰恰說明了他不可告人的目的，也正由此，他編造出了五世達賴喇嘛匿喪的遺囑。

這個問題可以這樣看待：如果確有遺囑，桑傑嘉措的做法沒有錯。

如果沒有遺囑呢？他的做法也不見得錯。首先，五世達賴喇嘛早就聲明「桑傑嘉措與達賴喇嘛無異」，賦予他大權，這是早就公之於眾的，他有權對政教事務進行合適的處理；其次，在當時的政治局勢下，桑傑嘉措爲了完成五世達賴喇嘛的遺願，就應該大權獨攬。如果是出於職責，爲了地方和民族的利益，爲了建立有利於地方的政治格局，並非爲了個人貪欲和政治野心而大權獨攬，這有什麼錯呢？事實上，優秀的政治家不大權獨攬，幾乎什麼事都幹不成。

退一步來說，就算匿喪手段有些見不得人，可也根本不是桑傑嘉措的發明，這一政治手段早在五世達賴喇嘛在世時就用過。一六五八年第一任第巴索南熱丹去世後，五世達賴喇嘛爲了將第巴的任命大權從蒙古人手裏奪回來，就匿喪了一年，在這一年，他造輿論、拉同夥，做好了一切準備之後，才任命了桑傑嘉措的叔叔，標誌著第巴任命大權劃歸到格魯派手中。

爲了創造新的政治格局，五世達賴喇嘛可以匿喪，那麼，桑傑嘉措匿喪又有什麼錯呢？桑傑嘉措的匿喪，難道不可以視爲對五世達賴喇嘛政治手段的模仿和繼承嗎？

事實上，也正是因爲桑傑嘉措堅定不移地嚴格執行五世達賴喇嘛的政治思路，不懂得靈活變通，才走上了絕路。那麼，他是怎麼樣帶著倉央嘉措走上這樣一條不歸路的呢？而在這條路上，倉央嘉措走得心甘情願嗎？

至少，倉央嘉措走的是不開心的；但是，他走得心甘情願。

這一點貌似很令人費解，但實際上，生活中絕大多數人都走過、或是正在走這樣的路，這兩點其實沒有那麼矛盾。而且，所有偉大的人物都必然要走通這條路，雖然不開心、不如意，但堅定的理想和信念支持著他們心甘情願地走下去。

7

關鍵的問題在於，這是條什麼路。

桑傑嘉措是一個堅實的五世達賴喇嘛的擁躉，他希望培養出一個像偉大的五世一樣的六世達賴喇嘛。至於所有的政治風險，他深知年輕的倉央嘉措是應付不過來的，他情願自己承擔，等倉央嘉措成人時還給他一個已經定型的政治格局。

桑傑嘉措想建立一個什麼樣的政治格局呢？綜合當時西藏的局勢，這個政治藍圖大概應該是這樣的：以達賴喇嘛爲核心的格魯派宗教集團政府，這個政府不希望由外族勢力操縱，但卻可以因爲達賴喇嘛的宗教權威，使得外族勢力對它形成一種「施主」關係。格魯派對外族勢力的態度應該是依靠但不依賴，外族勢力對格魯派的態度應該是聯手而不插手。

這個藍圖，實際上就是五世達賴喇嘛想完成但沒有完成的政治遺願。

而建立並穩定這樣的政治格局，其核心就是一個處於絕對權威地位的達賴喇嘛，因此，桑桑傑嘉措對倉央嘉措的佛學學習抓得非常嚴。他清楚只有一個像五世達賴喇嘛那樣的大師做宗教上的權威、民意上的領袖，才能真正實現與外族勢力的理想關係，所以，達賴喇嘛是個什麼樣的人，是保障這個政治藍圖實現的根本。

可以說，這個藍圖就是以五世達賴喇嘛爲範本設計的。事實上，這個設計圖也只能按照五世達賴喇嘛爲範本，這既包含了桑傑嘉措的感情因素，也是當時歷史發展的必然階段。

但這個範本有個致命的問題，那就是它太過理想化了。它必然要求繼承者既有五世達賴喇嘛的宗教威望，也有高超的政治水準，可這樣的人幾百年未必出一位，至少，倉央嘉措做不到，況且塑造五世達賴喇嘛偉大一生的歷史環境已經完全變化了，靠學習和模仿是培養不出政治領袖的。

繼承人該怎麼培養，中國歷史上開明君主的政治智慧是很高超的，如果是蕩平四海、開疆闢土的皇帝，最好選一個會治國的守成之君繼位；如果是銳意改革、不惜得罪臣民的皇帝，最好選一個性格溫良、人緣好的繼承者，大業已定後，絕對不能按照自己的樣子當範本設計未來。然而，桑傑嘉措不能這麼做，因爲此時的格魯派政權大業未定——和碩特蒙古勢力還沒有清除掉，清政府的天下還沒坐穩，三藩之亂差點丟了半壁江山，對它和準噶爾蒙古，格魯派應該建立什麼關係，桑傑嘉措心裏摸不著底。

那麼，倉央嘉措對這條路有什麼想法呢？年輕的他，心目中的政治藍圖恐怕和桑傑嘉措設計的一模一樣，他也想建立一個以達賴喇嘛爲核心的政教集團，但這個核心是不是必須是宗教權威，活佛的主要功能是宗教性的還是政治性的，他的思考與桑傑嘉措目標一致，但方法不同。況且，當時的西藏局勢也確實混亂，他的方法到底行不行得通，他自己也摸不著底。

當一個人的理想和別人強加給他的實現途徑產生了矛盾時，表現在生活方面，就是對那條別人安排的道路極度不滿。此時的倉央嘉措就是這樣。他十分清楚活佛的主要任務和功能都在發生變化，他想努力地適應這種變化，然而，這個宗教理想與他的生活實際是脫鉤的。每個人、包括他自己，都是想當一個在佛學上有成就、政治上有貢獻的領袖，但以當時的情況而論，學佛是可以慢慢來的，並不是最要緊的。同時，參與政治又是上層僧侶不理解、不同意的，畢竟上層僧侶是宗教人士而非政治家，他們很難看到達賴喇嘛的活佛功能和主要任務已經在改變。即使看到了，也是希望倉央嘉措以五世達賴喇嘛爲範本，別放鬆佛教學習。而當時的倉央嘉措，肯定是不太喜歡一門心思鑽研佛法的，所以，格魯派上層僧侶對他的評價是「迷失菩提」，並非民間傳說中的「耽於酒色」。

在這條路上，桑傑嘉措和倉央嘉措兩人都沒錯，他們是結伴同行但各有想法的。在歷史上，哪怕是有同樣目標，但因爲對實現方法的意見不同而分道揚鑣的事情層出不窮，然而，也有攜手並肩、求同存異的例子，比如孫中山和黃興。

想法在沒有實現之前，是沒有辦法分出高明還是愚蠢的，所以，對待這條路，倉央嘉措走得不太開心，但肯定走得心甘情願，而且他必須和桑傑嘉措攜手走，因爲他們的目標是一致的。這就是當桑傑嘉措倒臺後，所有人都落井下石，只有他沒說話，而拉藏汗除掉了桑傑嘉措後，也必須除掉他的原因。

這就是倉央嘉措的生活謎團，這個謎，不是由他個人的生活方式造成的，而是由對格魯派發展方向的不同思考造成的。這個時候的格魯派，處於一個分水嶺的狀態，此前格魯派的領袖是宗教性的，此後政治作用越來越明顯；此前格魯派活佛的產生都要看政治勢力的臉色，此後活佛可以影響政治勢力首領的繼承；此前活佛的宗教權威性被政治勢力利用，此後活佛的宗教權威逐漸變爲自己的政治資本；此前格魯派與哪股政治勢力交好，可以互贈封號，但說實話，這封號不值錢，遇到更強的勢力時，再贈一個就可以了，此後格魯派的封號值錢了，怎麼贈、給誰贈，都是個極大的政治問題。

所以，五世達賴喇嘛去世後，格魯派就處在十字路口，這個政治格局建成什麼樣、打成什麼底兒，決定了格魯派的未來。此時的桑傑嘉措、倉央嘉措以及格魯派僧侶集團，都想摸著石頭過河，找到新的發展方向。

可是，對格魯派發展的思考，當時任何人都無法得出結論。事實上，一種政治格局的產生，不是由哪一個人設計的，而必然是歷史的選擇，這就是倉央嘉措和桑傑嘉措的悲劇所在。他與攜手並肩的桑傑嘉措努力地想在一切都不明朗的情況下，找到一條治理西藏政教事務的新路，但卻抵擋不住歷史的必然。這個歷史的必然，就是任何優秀政治家也無法擺脫的歷史規律。

這才是倉央嘉措真實的死因。

第四章　別後行蹤費我猜

——倉央嘉措死亡之謎

1

在正史記載中，倉央嘉措的歷史蹤跡，戛然而止於青海湖附近。無論是作爲一位宗教領袖，還是那個人們喜愛的風流浪子，他的故事似乎都應該在一七〇六年（康熙四十六年）冬天，隨著青海湖畔的寒風而逝。

然而倉央嘉措的身影並未定格，關於他的身後事，與他的政治生涯、日常生活一樣，即使在正史文獻中，也充滿了語焉不詳甚或相互矛盾之處。這裏面並不排除當時各方政治勢力的有意捏造，更不排除後世人出於某種忌諱的有意篡改。再加上民間傳說神秘的演繹，倉央嘉措的身後行蹤，更顯撲朔迷離。

舉一個很簡單的例子，一個人的身後事，無非就是死亡地點和死亡時間。按照正史記載，倉央嘉措在被押送北京的途中，路過青海湖附近時亡故，那麼，具體地點在哪裡呢？

翻遍漢藏蒙三文史籍，有「青海道」、「西寧口外」、「青海」、「青海湖」、「黑河附近」、「工噶洛」、「公噶瑙湖」（也做袞噶瑙）等多種記載，這些地點的大致範圍都在西寧以西、那曲以北，所以，後世史書乾脆通稱「青海湖畔」或「青海湖附近」。

然而，倉央嘉措是藏傳佛教格魯派的第六世達賴喇嘛，也是西藏當然的政教領袖，雖然他被押往北京，但在清中央政府議罪之前，至少在名義上，他還沒到隨便哪個小人都可以踩上一腳的地步。這樣身分的人，死亡的具體地點怎麼會如此語焉不詳？

於是，另一種說法便也有考證的價值──沒死。正因為沒死，所以那些無中生有的人只好隨便說個大概地點，又沒有一個精確、統一的口徑，所以在漢語、藏語和蒙語的不同史籍中，出現了多種記載。

然而這樣一來，倉央嘉措的死亡時間又成了疑案了。同時，既然沒死，為什麼又有人記載他死了呢？這又怎麼解釋？

如此，關於他的身後事，給後世留下了一個長達三百年的歷史謎團，至今也無定論。

綜合正史和野史的記載，關於倉央嘉措的死亡時間和地點，總結起來，有三大類八種之多。

第一類：死亡說，或叫早逝說，也就是認為倉央嘉措於一七〇六年死於青海湖附近。這也是近代宗教、文化研究者比較認同、廣泛採用的說法。

這一類觀點又分為三種：其一，病逝說，認為他患水腫病故；其二，謀害說，認為他被拉藏汗的和碩特蒙古勢力害死。這兩種說法是目前認為比較可信的。早年間還存在第三種說法，即自殺說，這種說法十分不可靠，現在幾乎沒有人持有這種觀點。

第二類，非死亡說，也就是目前民間比較流行的「遁去說」。

此類說法又有不同版本：其一，失蹤說，認為他自行逃走，民間有他「施大法力」掙脫刑枷而脫身的記載；其二，放行說，認為押解者迫於兩難局面，「懇請」他逃走。其三，營救說，有史料記載他被其他政治勢力接走，此後隱姓埋名。

至於他「遁去」之後的事，都落在「阿拉善」。無論是自行逃走，還是被放行走脫，或者被營救而走，無非是「遁去」的方法不一樣，到了最後，他的最終歸宿都是在賀蘭山附近的內蒙古阿拉善旗終老。因此，學界也將幾種說法統歸為「阿拉善說」。

第三類，五臺山說。五臺山說又有兩個版本，其一是五臺山囚禁說，也就是說倉央嘉措被一路押解到北京，後來被康熙皇帝囚禁於五臺山終老；其二是五臺山隱居說，這個說法實際上是「阿拉善說」的插曲，認為倉央嘉措「遁去」後，輾轉來到五臺山，隱居六年之後，最終又雲遊到阿拉善去了。

如此紛亂的各種觀點，給倉央嘉措一七〇六年後的「身後事」留下了種種謎團，如何穿越層層歷史迷霧，找到歷史真相呢？

遺憾的是，迷霧是可以穿越的，對史料的質疑、辨別、考證、捨取都是可以做到的，但歷史真相，直到現在也無法找到。現代人能夠做到的，僅僅是將各類觀點逐一釐清，努力找到其中可信度較高的部分。

2

我們先從比較簡單的說法入手——五臺山說。

很多人認爲，這一觀點見於近代學者牙含章先生的著作《達賴喇嘛傳》。

牙含章（一九一六～一九八九年），甘肅和政縣人，二十歲時曾在格魯派六大叢林之一的拉卜楞寺學習藏文，之後作爲嘉木樣活佛的漢文秘書隨行到拉薩，並在哲蚌寺學習了寺內藏文佛教古籍。此後，他參加了革命，並在戰爭時期堅持民族歷史的研究。解放後，他曾作爲班禪行轅助理代表護送班禪大師進藏，並在西藏工作七年。其後他擔任過中國科學院民族研究所所長等職，是我國著名的社會學家、民族學家。

一九五二年開始，牙含章先生深入研究西藏歷史，寫成了廿六萬餘字的《達賴喇嘛傳》和近三十萬字的《班禪額爾德尼傳》，這兩部著作一直被現代學者認爲是研究達賴喇嘛、班禪額爾德尼兩世系活佛生平的信史。

在《達賴喇嘛傳》中，關於倉央嘉措的死因和下落，牙含章並未定論，而是並列了死亡、遁去和五臺山三種說法，之後緊接著說「西藏人民一直認爲倉央嘉措死在青海海濱」。

其中五臺山一說，牙含章先生說，這見於藏文的《十三世達賴傳》，他簡單地歸納爲「十三世達賴到山西五臺山朝佛時，曾親去參觀六世達賴倉央嘉措閉關靜坐的寺廟」。而他看到的藏文原文，翻譯過來的大意是：十三世達賴喇嘛曾在五臺山朝佛時，於倉央嘉措閉關修行的公亞東山洞中，爲紀念這位前輩念誦《大慈悲經》廿一日。

然而奇怪的是，這一細節在牙含章《達賴喇嘛傳》的「十三世達賴喇嘛土登嘉措」一節中絲毫不見記載，只簡要地敘述了十三世達賴喇嘛途經五臺山的活動，無外乎是講經說法和會見一些外國使節等。

可見，牙含章並不是傾向於「五臺山說」的：在「六世達賴喇嘛」一節中，他只不過是並列出幾種民間說法，而非做出結論性意見；在「十三世達賴喇嘛」一節中，他認爲「參觀遺跡」一事根本不值一提，不宜再做史料記載。況且，牙含章並未明確指出倉央嘉措是「五臺山隱居」還是「五臺山囚禁」。

因此，凡是用牙含章的《達賴喇嘛傳》作爲「五臺山說」正史證據的，全都是斷章取義，絕不能將學者列舉的傳說、猜測性說法當作他的學術觀點。

但是因爲在民間，這種觀點確實比較流行，雖屬無稽之談，但有必要繼續分析一下「五臺山說」到底有多大的可信度。

第一，五臺山隱居說，可信度非常低，低得簡直可以不去考證。

民間的說法中，倉央嘉措「遁去」之後，遊歷到五臺山，找了一個山洞避難。有一天，來了一位姑娘，送他一幅觀音畫像。他把像掛在壁上，開始念「安像咒」，這時姑娘忽然離地而起，冉冉走入像中。那幅像中的觀音開口說道：「不必再念，我已到像中來了！」這時倉央嘉措才醒悟，原來那姑娘是觀音的化身。因此，那幅畫像被稱爲「說過話的像」，他修法的山洞被稱爲「觀音洞」。

這種事足以讓人相信嗎？很好笑的是，如果我們什麼都信，那就會聯想出一件荒唐的事情——在藏傳佛教中，達賴喇嘛被視爲觀音菩薩轉世，一個化身遇到另一個化身，竟然不認識，這是什麼邏輯呢？

這座「觀音洞」，現在山西五臺山台懷鎮南二里處的一個懸崖上，規模不大，有上、下兩院，上院在山上，殿後有天然石洞兩個。左洞相傳是觀音菩薩修行過的地方，右洞相傳就是倉央嘉措住過的。而下院在山腳處，據說倉央嘉措也曾在這兒靜坐修持過。

很顯然，這是個民間傳說。幾乎所有有佛寺的地方都有類似的故事，更何況五臺山這樣歷史悠久的名勝之地。

說它可信度低，是從情理上推斷：倉央嘉措不敢來、五臺山不敢收。

從康熙二十二年（一六八三年）到康熙四十九年（一七一〇年），康熙皇帝五次「巡幸五臺山」，此地儼然是半個皇家寺廟基地，寺院管理一定非常嚴格。雖然清朝前期廢除了度牒制度，但卻是中國歷史上僧官制度最為完備的時期。京師設僧錄司，地方上從行省、道到縣分三級，設立僧綱司、僧正司、僧會司（唯獨湖南衡山縣破格設省級的僧綱司），尤其值得注意的是，這些僧務機構都是設置在寺院之內的，這就是說，地方寺院都有政府派來的官員。

那麼，一個漢語講得很可能不太靈光的僧人，跑到五臺山這樣的皇家宗教重地「掛單」六年，倉央嘉措怎麼可能有這樣大的膽子？藏在鄉野之間尚且提心吊膽，難道他還敢跑到中原腹地、尤其是五臺山這樣顯眼的地方？況且，誰也不知道康熙帝會不會再次「巡幸」，又有哪間寺廟敢收留外來僧人？

「五臺山隱居說」更不可信的地方在於，它被「嫁接」到「遁去說」中，成為倉央嘉措四方雲遊的一段插曲。

第二，五臺山囚禁說，可信度不高。至少，囚禁在五臺山是不足信的。

首先，如果倉央嘉措被順利押解到北京，並見到康熙皇帝，康熙皇帝的做法很可能是規勸和教導一番，之後大張旗鼓地送他回西藏。如果秘密處決，或者羈留囚禁，西藏的局勢穩定不住，會激起藏民的不滿。康熙絕對不會做這樣的事情。

這一點在介紹「阿拉善說」時還會詳細分析。

其次，即使是對外宣稱倉央嘉措已經死在青海，康熙也不大可能將他秘密囚禁在五臺山。因為，至少在順治皇帝派阿旺老藏（也就是康熙皇帝賜號的「清涼老人」）任「總理五臺山番漢喇嘛」之前，五臺山已經開始了漢、蒙、藏三族共建的局面，康熙時期五臺山的藏傳佛教寺廟已經不少。

以藏傳佛教對達賴喇嘛的尊崇，康熙皇帝將倉央嘉措囚禁於此，豈不是故意激起民族矛盾、惹禍上身？即使倉央嘉措被迫隱匿身分，但這些寺廟的喇嘛們見到一個會說藏語的陌生僧人，難道不會生疑？

況且，如果此說成立，雖然清宮檔案可以銷毀記錄，但沒有不透風的牆，至少應該存在兩類野史材料：一、某大臣對康熙囚禁倉央嘉措事件的筆記；二、某個五臺山喇嘛對倉央嘉措的回憶錄。然而，即使這樣的野史，現在也沒有發現，更別提倉央嘉措用過的東西這樣的物證了。

那麼，牙含章先生提到的藏文《十三世達賴喇嘛傳》的記載到底是怎麼回事呢？

據有些學者的推測，真實的情況很有可能是這樣的：十三世達賴喇嘛確實在五臺山參觀了一些寺廟，而當時的漢族地區已經流傳出「五臺山說」，或者，十三世達賴喇嘛在參觀的時候，想起了倉央嘉措的命運多舛，不由得憑弔一番，這樣，後人誤傳他參觀的寺廟是倉央嘉措住過的，再之後便明目張膽地成爲「五臺山說」的直接證據了。

爲什麼十三世達賴喇嘛會想起倉央嘉措、並感同身受般憑弔一番呢？這就要說到他當時的處境。

十三世達賴喇嘛土登嘉措，清光緒二年（一八七六年）五月出生，二十歲時親政。

在十九世紀七〇年代，毗鄰西藏的中國外藩全部被納入了英國勢力範圍。一八八四年，英國開始打西藏的主意，經過多次的試探後，一八八八年三月，英國終於動用了武力。十三世達賴喇嘛雖然極力抗擊侵略者，但得不到腐敗的清政府的支持，抗英行動只能以失敗告終。一八八八年是藏曆土鼠年，因此藏胞稱這次的抗英戰爭爲「土鼠年戰爭」。

一九〇三年秋，在英國人榮赫鵬的帶領下，英軍第二次進軍西藏，並於一九〇四年八月佔領了拉薩。在此之前，十三世達賴喇嘛已經離開拉薩，想去北京求援。但清政府以「貽誤兵機，擅離招地」爲由，革去了他的達賴喇嘛名號。無奈，他只能改道去蒙古，並在庫倫（今蒙古烏蘭巴托）滯留到一九〇六年；此後，又暫居青海塔爾寺一年多。他想回西藏，但駐藏大臣不許，他想去北京，又沒有了名號，就這樣，顛沛流離了三年，才被允許進京覲見皇帝。

可當他一九〇八年正月途經五臺山的時候，清政府那邊卻沒音信了，他只好在五臺山住了半年多，在此期間，德國、日本、美國、沙俄等國使臣和代表不斷地來「看望」他，他難免擔心這樣的「外事活動」會遭到清政府進一步的懷疑和不滿。此時的十三世達賴喇嘛，真是內外交困，難免聯想起同樣命運多舛的倉央嘉措，他們的共同之處是在面臨敵對勢力的時候，都得不到中央政府的有力支持，一個是當時的「假達賴」，一個是此時的「被革達賴」；一個是當時被押解進京，一個是想進京卻受到百般阻撓。

此時的十三世達賴喇嘛找間寺廟參觀一下，如果恰好聽到倉央嘉措「五臺山說」的故事，雖然他是不相信的，但記錄者筆下的附會之處，也是在所難免。

由此看來，無論是「五臺山隱居說」，還是「五臺山囚禁說」，幾乎都無法成立。

此外，學界還有對「五臺山囚禁說」的另外一種批評意見：藏文版《十三世達賴喇嘛傳》中，確實有他朝拜六世達賴喇嘛遺跡的活動記載，但此處文字僅僅說「六世達賴喇嘛」，並沒有明說是倉央嘉措，還是後來的益西嘉措。持此觀點的人認爲，益西嘉措後來被囚禁在五臺山，後人混淆、訛傳，流傳出倉央嘉措的「五臺山囚禁說」；甚至還有好事者要考證益西嘉措最後是否被囚禁在五臺山。

首先必須要說明的是，牙含章引用這段文字的時候，明確點出了「倉央嘉措」的字樣，分析一件不存在的事，根本就是無的放矢。

其次，這種觀點不合情理和邏輯，簡直就是癡人說夢。

如果十三世達賴喇嘛真的憑弔益西嘉措的囚禁地，他豈不是在推翻自己的譜系？中央政府、格魯派和藏族人民都認爲倉央嘉措是真六世，至此已經二百年了，他去憑弔一個假的，豈不是說自己也是「假達賴」？所以，如果十三世達賴喇嘛憑弔，也只能憑弔倉央嘉措的遺跡；如果是益西嘉措的，他看都不會看，何談憑弔？即使蹓躂到這兒看一看，念廿一天的經怎麼解釋？既然十三世達賴喇嘛主觀上根本不可能憑弔益西嘉措的遺跡，那麼，這種字面分析又有什麼用呢？

好笑的是，按照這個思路分析下去，只能證明藏文版《十三世達賴喇嘛傳》中的記載，被囚禁的肯定是倉央嘉措，那麼，用這個結論反駁「五臺山囚禁說」，豈不是搬石頭砸自己的腳嗎？

3

死亡說，這是見於正史記載的觀點。

但它是否是歷史的真相呢？

首先我們來看「死亡說」的第三種——自殺說。這是可信度比較低的說法，其疑點在於，倉央嘉措有沒有自殺的動機和可能？事實上，他沒有自殺的必要，無論是康熙皇帝還是拉藏汗，只是說他有過失，是「假達賴」，尚沒有議罪，況且，在藏族人的觀念和生活習俗中，是不贊成自殺的。

同時，他也沒有自殺的可能，如果拉藏汗真想將他押送到北京，怎麼可能不派人嚴加看管？哪裡有條件自殺呢？

那麼，「自殺說」是從哪裡流傳出來的呢？無外乎是青海湖地方的一個民俗活動：當地的藏族同胞有每年向湖中拋食物的民俗，據說流行了三百年，用來紀念倉央嘉措，並傳說倉央嘉措「自溺」於湖中。

這顯然是藏族版本的「屈原投江」的故事。可漢族地區端午節包粽子拋入江中的習俗，就一定說明屈原是投江自溺的嗎？目前學術界對屈原的死因和死亡方式，有了更多的研究成果，幾乎完全推翻了「端午習俗說」成立的可能性。「屈原自溺說」的根據，無非是他的《懷沙》詩一首，是典型的以詩歌作品推測出人物生平的事例。可笑的是，既然僅憑一首詩不能證明屈原自溺，怎麼就憑倉央嘉措的詩說他有情人呢？既然端午習俗不是屈原自溺的證據，憑什麼青海湖投食就一定是爲了紀念溺水而亡的倉央嘉措呢？

「自溺說」明顯是民間心理揣摩出來的產物，況且，這一說法也沒有充分的文獻資料記載，就連青海湖投食的民俗，除了當地有此民風，外界也不見記載。

那麼，這個民俗是怎麼形成的呢？很可能跟「死亡說」的另一種說法「病逝說」有關，因爲在這個說法中，倉央嘉措病逝後，和碩特蒙古人將他的屍骸拋棄掉了，也許這使得青海湖畔的人民認爲扔在了湖裏，因此每年往湖中投食物祭奠。這大概就是青海湖投食民俗的來源。

所以，「自殺說」很可能是「病逝說」的民間演繹版本。當地群眾懷著某種特殊的心理和情感，不接受他英年病逝的事實，由「拋屍」這一細節出發，創作出更爲悲壯的死亡方式，以烘托典型人物的典型悲劇色彩，這是可以理解的。

於是，我們關注的焦點轉向了「病逝說」。

然而，又很有可能發生過這樣的事情：先是謀害，之後在上報中央政府時以病逝爲由開脫罪責，或者謀害在先，但後世爲了給某些人文過飾非，故意篡改歷史檔案，僞造了病逝的理由。那麼，「謀害說」的可能性到底有多大呢？

當代有一些持「謀害說」的學者，國外研究者也曾撰文提及「謀害說」。比如，羅馬大學的東亞歷史研究專家伯戴煦（Luciano Petech）著作《十八世紀前期的中原和西藏》中記載「（倉央嘉措）於一七〇六年十一月十四日死於公噶瑙湖附近。雖然按義大利傳教士的說法，傳聞他是被謀害的，但漢、藏的官方記載都說他死於疾病，而沒有什麼充分的理由可以懷疑它的真實性。」

從這段記載看，國外學者認爲「謀害說」是個傳言，並沒有什麼證據證實，雖然它是義大利傳教士說的，但該國的藏學專家、國外藏學研究公認的泰斗杜齊（Tucci，一八九四～一九八四年）在《西藏中世紀史》中只簡單地說，「在黑河附近，倉央嘉措喪命」，看起來同是義大利人，他也未必認同「謀害說」。

那麼，謀害有沒有可能呢？

答案是：有可能，但很難。

有可能，是基於拉藏汗的心理出發，他一定是想除倉央嘉措而後快、並擁立代表自己利益的益西嘉措，據傳，益西嘉措是他的兒子。

但是，想法可以有，但行動起來很不現實。首先，拉藏汗是打著將倉央嘉措「押解京師」的旗號的，半道弄死了算怎麼回事？那又如何交代？其次，他應該是堅信，倉央嘉措送到京城就必死無疑，那麼現在何必心急？這麼急著下手自己豈不是被動？

第三，雖然倉央嘉措名義上被「打倒」，但是，拉藏汗是和碩特蒙古人，蒙古人早已服膺藏傳佛教，尤其和碩特部更是堅定的信徒，就算拉藏汗有這個心，手下人誰來下這個刀？

從現存史料上來看，「謀害說」並沒有充分的證據，即使是國內學者也都是像伯戴煦的行文一樣，猜測性的語氣比較多。如此，「死亡說」只剩下「病逝說」這一種觀點了。

「病逝說」觀點有很堅實的史料證據，這就是《清聖祖實錄》：「康熙四十五年十二月庚戌，理藩院題：『駐紮西寧喇嘛商南多爾濟報稱：拉藏送來假達賴喇嘛，行至西寧口外病故。假達賴喇嘛行事悖亂，今既在途病故，應行文將其屍骸拋棄。』從之。」類似的記載也出現在康熙四十五年十二月初三日的《起居注》中。

此外，民國時期洪滌塵著《西藏史地大綱》中說，「假達賴行至青海，病死，時年二十五歲，康熙四十六年也。」（這裏說的「二十五歲」是虛歲）

我國藏學學科的創建者之一的王輔仁與索文清合著的《藏族史要》中也持此觀點，「西元一七〇六年（康熙四十五年），倉央嘉措在解送途中，病死在青海湖畔。」

以上是近代、現代、當代三個歷史時期中「病逝說」的代表，至於他患了何種病，有學者認為是水腫病。

可是「病死說」顯然又是有疑點的。當時，康熙皇帝已經派護軍統領席柱、學士舒蘭為使入藏，一方面是封拉藏汗為「翊法恭順汗」，另一方面便是押送倉央嘉措入京。拉藏汗先是不肯，後來又主動押送。可是，將倉央嘉措的「死訊」上報朝廷的人，卻是駐紮西寧喇嘛商南多爾濟，為什麼朝廷欽差不報告？他們的奏摺在哪裡呢？

此外，屍骸的處理也耐人尋味。史料上記載是「棄屍」，即使倉央嘉措此時被認定為「假達賴」，但這麼大的政治問題，如此處理不顯得過於草率嗎？這不是明顯要造成「死無對證」的情形嗎？難道康熙皇帝對此沒有一點疑心？

疑心是應該有的，早在這年的十月，康熙皇帝派席柱去西藏押解倉央嘉措入京時，朝廷上就有反對意見，皇太子和很多大臣問，把一個假達賴弄來幹什麼？康熙解釋，這是因為倉央嘉措雖然是「假達賴」，但是畢竟有這個名號，「眾蒙古皆服之」，因此，他怕準噶爾部將他弄去，那樣一來，準噶爾部就可以號令整個西部，「如歸策旺阿拉布坦，則事有難焉者矣」。這個策旺阿拉布坦就是噶爾丹的侄子、此時準噶爾勢力的首領（台吉）。事實證明，康熙皇帝的擔心並不是多餘的，後來準噶爾方面果真要迎請倉央嘉措前去。

如此看來，康熙皇帝對倉央嘉措的處理是非常周密、並且還比較有前瞻性預見的，而如果他「病故」，既沒見到屍首骨灰，也沒見到欽差的奏報，事後更沒有追查，難道他真就相信倉央嘉措死後拋屍了？

這豈不令人疑心？

以上關於「死亡說」的證據，還有一項正史史料從未涉及，那就是《清史稿》。讓人琢磨不透的是，在《清史稿・列傳・藩部（八）西藏》一節中只說，「因奏廢桑傑所立達賴，詔送京師。行至青海道，死，依其俗，行事悖亂者拋棄屍骸。卒年二十五。時康熙四十六年。」

這就是說，《清史稿》只說其「死」，死因卻不明說。為什麼不沿革《聖祖實錄》的記載明確地說「病逝」呢？《清史稿》編纂的時候，世上已經流傳著倉央嘉措死亡時間及死因的種種說法，會不會是編纂者受到了什麼民間影響呢？

4

這一民間影響，很有可能就是「遁去說」。這一說法雖不見於正史，但野史、傳聞比較豐富，甚至有人見過實物證據，由此一直受到極大的關注。

如果我們的考證之旅再周密、謹慎一些，還會發現更為複雜的情況。在前面我們分析「病逝說」和「謀害說」的關係時提出，有可能發生謀害在前、偽說病逝在後的情況，而實際上，也完全可以遁去在前、同樣以病逝為由交差了事。

也就是說，在青海湖畔，無論是倉央嘉措自己逃跑的「失蹤說」、蒙古人懇請他逃跑的「放行說」，還是其他政治勢力將他接走的「營救說」，其結果都是以倉央嘉措病逝、拋屍為結論上奏朝廷，匆匆結案。所以正史記載他「病逝」了，而真相很可能是「遁去」了，兩種說法是完全可以並列出現的，並不意味著否定正史記載。

那麼，以上三種「遁去」的方法，哪一種更有可能呢？

「失蹤說」明顯有神話色彩和附會痕跡。此種說法認爲，倉央嘉措是用「大法力」從刑具中脫身，之後飄然而去。後來他又使用過好多次「大法力」，比如給人救命、降伏魔障等等，民間流傳比較廣的是「拘狼」的故事，話說他雲遊到阿拉善，以爲人放羊爲生。有一天，他放的羊被狼吃了，主人大怒，要懲罰他。倉央嘉措不認罰，於是一聲口哨將狼招來，對主人說，「你的羊是牠吃的，你和牠理論理論吧。」見到此等「大法力」，蒙古人才知道這就是達賴活佛。

很明顯，這太過神奇了，是一種對有傳奇色彩的人做傳記時常用的筆法。不過，「失蹤說」本身倒也未必沒有可能，但是，別相信他施展了什麼「大法力」，要是真有神通，他也不會被捉住了。如果此說成立，他只不過是趁人不備逃走的。

逃走，這有可能嗎？

有可能，但很難。

第一，他是被押赴京師的，看管一定極爲嚴密，更有史料說，格魯派僧兵曾三次營救但都告失敗，蒙古大軍必定層層設防，一個二十多歲又沒練過武功的人跑得出來嗎？第二，往哪兒跑？回拉薩只不過面臨第二次被捉，而且肯定又要刀兵相見，而跑到別的地方就那麼安全嗎？

正如不存在自殺的理由一樣，他同樣沒有逃跑的必要。

反對「遁去說」的學者提出意見：以當時的嚴冬天氣，在冰天雪地的青藏高原上，在遠離家鄉、舉目無親的荒灘野嶺中，逃出去豈不是找死？如果要逃，最好的地點應該在甘肅或者蒙古地區。

這是基於常識上的推理，但是，卻忽視了另兩種可能——「放行」和「營救」。

也就是說，我們不能以「跑出去也是死」、「沒到跑的時機」而根本否定「遁去說」，如果真的「放行」，那麼，也就存在蒙古人送給他足夠的衣食的可能性，至少，被「放行」的倉央嘉措是可以講一講條件的：既然「放行」，必然是拉藏汗方面遇到了不得不放的難題，此時的倉央嘉措應該清楚，走是可以的，但怎麼走、怎麼保證自己走得安全，他是有說話的主動權的。另外，如果真的有其他政治勢力「營救」，他也不至於凍餓而死。

如果「放行說」成立，那麼，拉藏汗爲什麼要放、而且必須放呢？放了之後又發生了什麼呢？如果「營救說」成立，那麼，是誰將倉央嘉措接走，又是在什麼情況下接走的呢？

於是，關於倉央嘉措身後行蹤的最大謎案，漸漸浮出水面。

「營救說」，記載在蒙文的《哲卜尊丹巴傳》中，但要說明的是，這種「營救」並不是格魯派僧兵三次武力救援那種軍事行動，而是在幾方政治勢力達成政治交易後，將倉央嘉措「接走」了。不過，這種說法僅見於蒙文材料中，沒有充足的證據，而且，它本身也不太可能。

因爲「營救說」的最終落腳點還是「阿拉善」，而它的產生背景、發生條件、事後情節等都與「放行說」差不多，所以，瞭解了「放行說」，「營救說」也就基本上真相大白了。

持「放行說」的正史主要是法尊大師的著作《西藏民族政教史》，其中說，一七〇六年桑傑嘉措遇害身死以後，「康熙命欽使到藏調查辦理，拉藏（汗）復以種種雜言毀謗，欽使無可奈何，乃迎大師晉京請旨，行至青海地界時，皇上降旨責欽使辦理不善，欽使進退維難之時，大師乃棄捨名位，決然遁去……爾時欽差只好呈報圓寂，一場公案乃告結束。」

法尊（一九〇二～一九八〇年），俗姓溫，法名妙貴，字法尊，是現代著名佛學家、卓越的翻譯家，也是少見的獲得藏傳佛教最高學位——拉然巴格西的漢族僧人，正是他第一個把藏傳佛教的顯密理論系統地介紹到漢地的。他的《西藏民族政教史》著於民國時期，是爲漢族佛教徒撰寫的第一部介紹藏傳佛教歷史的專著。

法尊大師的觀點是現代「放行說」的代表，但他所述的這段文字漏洞頗多：

其一，整個事件原委與正史記載有些許不同。

其二，從文字敘述上看，這位「欽使」顯然是個糊塗人，他參與的事情沒一件做明白的，比如，拉藏汗「雜言毀謗」時，他有什麼「無可奈何」的呢？難道不能請旨再定行止或者回京覆命，非得請「大師晉京請旨」？後來，皇上斥責他的時候，他又有什麼可「進退維難」的呢？就地請旨或者將倉央嘉措送回去不行嗎？而最後他「呈報圓寂」，這豈不是欺君？

哪裡有這麼糊塗的「欽使」呢？派這樣辦事不力的官員當「欽使」，難道康熙老糊塗了？問題是此時的康熙正處於政治經驗最豐富、政治手段最嫻熟的黃金時期。

如此看來，這段史料有多大的可信度，還是值得懷疑的。

「放行說」還不是法尊大師的《西藏民族政教史》最先提出來的，目前所見最早的類似觀點，就在前文提到過的《倉央嘉措秘傳》，實際上它就是「阿拉善說」的始作俑者。

這本書本名叫《一切知語自在法稱祥妙本生記殊異聖行妙音天界琵琶音》，學術界簡稱其為《琵琶音》，因為在拉薩藏文木刻版的每一頁書眉上，都有藏文「秘傳」二字，所以民間俗稱為《倉央嘉措秘傳》。拉薩木刻版據說是十三世達賴喇嘛下令刻版刊印的，而後世流傳直到現在我們能看到的鉛印本，都是依據這個版本而來。只不過，這個版本與最初的版本（學界稱南寺本）有很多誤差。

有意思的是，「秘傳」二字在漢語中因為發音不同，有「內部傳閱」和「秘本傳記」兩種理解，不知道藏文原文是什麼。因為這個版本據說是有人推薦給十三世達賴喇嘛，他看到後很喜歡，便命人刊印後供格魯派內部的人傳看，所以，「秘傳」應是「內部傳閱」的意思，因為藏族人民一直認為倉央嘉措是「早逝」的，說他後來雲遊到阿拉善終老這樣的內容，實在無法公開，況且，它還推翻了後世達賴喇嘛轉世的理論根據。

但翻譯為漢語後，「秘傳」二字會被理解成「秘本傳記」。從這個意義上來說，這本書本來就不是傳記類作品，理解為個人回憶錄比較合適。

這本書的作者叫額爾德尼諾門罕・阿旺倫珠達吉，又名拉尊・阿旺多爾濟，是阿拉善旗的蒙古人。此書成書於一七五七年，以第一人稱敘述，也就是倉央嘉措的「親口講述」。在書中記載，阿旺多爾濟被倉央嘉措認出是桑傑嘉措的轉世化身，因此著力培養他，毫無隱瞞地對他說出了終身的秘密，並且將自己的遺願、後事託付給了他。

其中，關於「放行」一事的記載如下：

行來，經北路，走到冬給措納湖畔，皇帝詔諭恰納喇嘛與安達卡兩使臣道：「爾等將此教主大駕迎來，將於何處駐錫？如何供養？實乃無用之輩。」申飭極嚴。聖旨一下，眾人惶恐，但有性命之虞，更無萬全之策。懇求道：「為今之計，唯望足下示狀仙逝，或者偽做出奔，不見蹤跡。若非如此，我等性命休矣！」異口同聲，哀懇再三。

我道：「你們當初與拉藏王是如何策劃的？照這樣，我不達妙音皇帝的宮門金檻，不覲聖容，決不回返！」此言一出，那些人觫懼不安。隨後就聽到消息說是他們陰謀加害於我。於是我又說道：「雖則如此，我實在毫不坑害你們，貪求私利之心不如我一死了之。但這也得容我先察察緣起如何再說。」如此一講，他們皆大歡喜。

按照這個記載，當時的倉央嘉措心裏是有數的，他知道拉藏汗是必須放他走的，否則康熙皇帝饒不了他，所以，他完全可以提條件：這冰天雪地的，不是凍死也是餓死，讓我走可以，給我馬、衣服和足夠的食物，否則咱們繼續往北京去，見到皇帝再說。

這樣一來，「失蹤說」的疑點就可以解開了：不明真相的人以爲他「失蹤」了，於是產生了「失蹤說」，而他的「失蹤」其實沒有學者質疑的那麼難。

而「死亡說」也可以說得通：這是個政治交易，倉央嘉措「放行」可以，但對外宣布他已經病死。這也就是正式記載的「病逝說」，只不過它是個不折不扣的「官方說法」。

《倉央嘉措秘傳》的後續記載是，倉央嘉措在青海湖附近向東南方遁走，此後去過打箭爐、峨眉山，又回到西藏的拉薩、山南，還去了尼泊爾、印度，再返回西藏及西寧，最後在今內蒙古的阿拉善旗圓寂，終年六十四歲。

這就形成了倉央嘉措死因之謎的「阿拉善說」。

有意思的是，「阿拉善說」在民間流傳的過程中，竟然分化出好幾個版本，其一，「五臺山隱居說」將隱居故事「加塞」到其中，反正他雲遊了很多地方，多去一個五臺山也未爲可知；其二，原始版本中記載他自己雲遊到阿拉善旗，並在那兒住下終老的，但蒙文《哲卜尊丹巴傳》中，認爲倉央嘉措是被蒙古方面支持他的勢力接到阿拉善旗保護起來的，這就形成了「營救說」；其三，死亡的地點，有說他死於阿拉善旗朵買地區的一座蒙古營帳，此後遺體保存廣宗寺內，但也有說他被阿拉善旗人認出，當地人每年籌銀二萬兩，將他送回拉薩隱居，最終在藏南的一個山洞中坐化。

以上還僅僅是比較簡單的歸類，實際上，《倉央嘉措秘傳》中既有「大法力」逃跑和捉狼的故事，也有「放行」的故事，簡直就是以上所有說法的大雜燴，甚至還說一七一七年倉央嘉措三十五歲時，跟著阿拉善旗王爺的公主道格去了北京，神奇的是他還遊了趟皇宮、參觀了雍和宮，並親眼在德勝門看到桑傑嘉措的子女被押送進京。一個在中央政府「掛號」已經「死」了的人，怎麼敢大搖大擺跑到北京？況且，當時的皇宮和雍和宮他能進去嗎？

如此說來，「阿拉善說」也是疑點重重。

首先，學界中最大的質疑觀點是，《倉央嘉措秘傳》並不是正史，而是阿旺多爾濟的個人著作，其內容的許多情節都太過玄幻，當神話小說讀讀尚可，如果作為史料，顯然可信度非常低。而且，早期史料持「阿拉善說」的只有這麼一本，作為孤證是不可採信的。

其次，即便將這本書暫且當作正史分析，那麼，其中的內容也有很多矛盾之處，最簡單的例子，用大法力逃走的「失蹤說」是它說的，「放行說」也是它的記載，這怎麼解釋？

而最大的疑點在於康熙皇帝訓斥押解行為的話：「爾等將此教主大駕迎來，將於何處駐錫？如何供養？實乃無用之輩。」

這段話在史籍中是查不到的，相反，無論是《清聖祖實錄》還是清內閣康熙皇帝的《起居注》，都有另外的記載，那就是「令拘假達賴赴京」。下令捉他在前，訓斥押解的人在後，康熙前後下達如此矛盾的旨意，豈非矛盾重重？

以上幾點質疑便足夠了，另有學者還從人物角度論證，認為這樣一個創作欲望強烈的詩人，卻在此後四十年沒有詩歌流傳，這不符合邏輯；或者從民間心理角度論證，認為人們普遍恐懼、仇恨的和普遍愛戴、同情的這兩種人死去之後，往往會有「沒死」的傳說出來，倉央嘉措也屬於這類情況，這是民間不願接受他死去的事實而產生的傳言。實際上，這兩種論證看起來有理，作爲觀點提一提是可以的，但用在學術研究上卻沒有什麼價值。

5

那麼，「阿拉善說」是不是完全沒有可信的價值呢？

並非如此。作爲近年來倉央嘉措研究的一個重要方向，它越來越受到學界的關注。

從「阿拉善說」的始作俑者《倉央嘉措秘傳》本身來考察，它雖然一直被歸爲野史，但卻是記載倉央嘉措生平的最早文獻之一。同時，其作者阿旺多爾濟又自稱是倉央嘉措的「卑末弟子」，書裏面言之鑿鑿地寫了些他與倉央嘉措交往的故事。

按書中記載，一七〇六年倉央嘉措「遁去」後四處遊歷，到了一七一六年，他率十六名僧人來到阿拉善旗，結識了阿旺多爾濟一家，此時的阿旺多爾濟才一歲。第二年，倉央嘉措與阿拉善多羅郡王的女兒道格公主去了趟北京，遊覽皇宮和雍和宮。

一七三三年夏季，破土動工修昭化寺；一七三五年，倉央嘉措自籌一萬兩紋銀，派阿旺多爾濟去藏區隨班禪學經；第二年，也就是清乾隆元年，倉央嘉措也從阿拉善遷居到青海湖摁尖勒，一住就是九年（正史記載，是一七二四年雍正命阿拉善民眾遷居青海），先後擔任了十三座寺廟的堪布；這期間，阿旺多爾濟學習了所有經文，先期返回阿拉善，很快，昭化寺建成，由倉央嘉措主持大法會；一七四五年，六十三歲的倉央嘉措從青海湖返回阿拉善，但不幸染病，最終於第二年病逝。

此後，他的肉身被移到昭化寺立塔供奉。一七五六年，阿拉善當地建造南寺，並將昭化寺全盤搬到那裏；當然，倉央嘉措的肉身塔也移了過來。一七六〇年，乾隆御賜南寺為廣宗寺，授予鐫有藏滿蒙漢四種文字寺名的乾隆御筆金匾，章嘉國師若必多吉親自給它制定寺規，而阿旺多爾濟就成為廣宗寺的一位大活佛。

一個地處偏遠、剛建成不久的寺廟，既沒有什麼顯赫的歷史傳承，也沒給國家做過什麼了不得的大事，竟然得到皇帝御賜，這不太過匪夷所思了嗎？而在此之前，七世達賴喇嘛可是對阿旺多爾濟恩寵有加，他們來往甚密，關係好得讓人無法理解，六世班禪去北京為乾隆皇帝祝壽路過此地時，還曾為阿旺多爾濟的死打抱不平。

阿旺多爾濟是被當地郡王羅布藏道爾吉關進大牢迫害致死的。這個案件說起來是個不起眼的小事，甚至有些荒唐，況且兩人還是親戚，細究起來，阿旺多爾濟和羅布藏道爾吉都是和碩特蒙古固始汗的後裔，他們的祖父，一個是阿拉善旗第一代郡王和羅理，一是個和羅理的弟弟。可一個三等爵位的郡王真就砍了活佛的頭，清朝近三百年的歷史上僅此一例，而羅布藏道爾吉也很快就死掉了。後人有理由懷疑，阿旺多爾濟之死必有特別重大的隱情，這個隱情是否與倉央嘉措有關呢？

同時，至少在幾十年前，此地的「倉央嘉措肉身塔」還存在，並且據說還有很多倉央嘉措的遺物，當地也一直流傳著倉央嘉措最終落腳阿拉善的故事。可惜的是，很多遺物、遺跡等實物證據，已經由於歷史原因損失、銷毀了，現在的廣宗寺是一九八一年到一九九〇年重建的，有趣的是，重建之後，寺裏立了一塊《兜率廣宗寺記》碑，上面直接就寫上了倉央嘉措與廣宗寺的淵源，看起來無論學界怎麼爭論，反正他們那裏是認定了「阿拉善說」的。

總體來說，「阿拉善說」既有詳細的文字記載，又有民間流傳的故事；既有明確的活動地點，也有相應的物證（雖然現在所剩無幾了），與其他身後行蹤的說法相比，構成歷史考證的因素可謂一應俱全。

那麼，我們是否就能相信「阿拉善說」成立呢？

還不能這樣說。

如果此說是歷史的真相，無論它後面說的多麼無懈可擊，也是沒有用的。因爲「阿拉善說」成立的基礎，不是倉央嘉措雲遊到阿拉善之後有什麼證據，而是他當初能不能跑出來、怎麼跑出來的。沒搞清楚他當初是不是有可能被「放行」，討論後面的事情又有什麼用呢？

所以，關於「阿拉善說」分析的關鍵問題，還是康熙皇帝訓斥蒙古人、繼而蒙古人「懇求」他快走、並且以病死爲由了事，這樣的記載到底有沒有可信度？

如果這是可信的，又怎麼解釋此前康熙皇帝派護軍統領席柱、學士舒蘭入藏，要求押解倉央嘉措入京呢？

「押解」記載在《清聖祖實錄》和《起居注》中，是當然的正史，而「訓斥」記載在個人的回憶錄中，一般認爲是野史。學界傾向於相信前者，便順理成章地相信正史中記載的「病逝說」，那麼後者的記載就完全是僞造的；民間多相信後者，那麼，前者的記載就讓人捉摸不透，甚至有人認爲這經過了後世的篡改。

這兩條「史料」是如此明顯的矛盾，到底相信哪種？

有沒有第三種可能呢？

有！那就是兩者都相信。

也就是說，康熙皇帝先是派人跟拉藏汗說，要押解倉央嘉措進京，此時的拉藏汗不肯，康熙皇帝知道後，對大臣們說，別看他現在不肯，過幾天他就得主動把人給我送來。果然不出康熙所料，拉藏汗也許想通了，也許怕了，總之是真的要把倉央嘉措押送北京，但想不到的是在半路上，康熙皇帝又告訴拉藏汗：這人我不要了。

康熙皇帝這樣做看似沒有道理，但是，這是以我們常人的情理邏輯推斷而來的，而政治家做決定，絕不可能依據情理邏輯，唯一的準則就是——利益。

如果我們仔細分析當時西藏、青海和回部（清代對聚居在天山南路的維吾爾族地區的稱呼）的政治局面，就可以理解當時清政府在西部邊疆的利益所在了。

十七世紀中葉，以五世達賴喇嘛爲代表的格魯派集團向蒙古和碩特部首領固始汗求援，一舉清除了妄圖消滅格魯派的三方聯盟；這三方分別爲噶瑪噶舉派的藏巴汗政權、青海的喀爾喀蒙古卻圖汗政權和康區的白利土司。此後，格魯派與和碩特蒙古結成聯盟，建立了甘丹頗章政權，並受到了剛剛成立的清政府的冊封，但事實上，西藏的軍政大權掌握在和碩特蒙古手中，格魯派是沒有獨立的政治地位的。

一六五四年（清順治十一年），固始汗病故，早想清除和碩特蒙古在西藏政治影響的五世達賴喇嘛，趁此機會分化瓦解他們，因爲固始汗在世的時候雖然住在西藏，但青海的大本營是老老實實的，此時他亡故了，繼承者斷然沒有他的權威，住在西藏的話，青海本部就很難控制得住。五世達賴喇嘛敏感地抓到了這個時機，圍繞著繼承的問題，將和碩特蒙古勢力分爲了「西藏派」和「青海派」。簡單地說，固始汗的大兒子達顏汗繼位，住在西藏，名義上統管青海，但實際上，以固始汗五兒子博碩克圖濟農爲代表的其他子嗣，成立了事實上的「青海派」。

在這個過程中，「西藏派」的達顏汗得到了名義上的汗權，「青海派」得到了實際上的實惠，所以，兩方都覺得五世達賴喇嘛對自己一方有功勞。尤其是達顏汗，跟他父親的能力相比差得太多了，所以並不怎麼插手政務。建立一個不管事、又沒有了青海大本營支持的「西藏派」，正是五世達賴喇嘛清除和碩特蒙古勢力的第一步棋。

但和碩特蒙古畢竟還存在，所以，第二步棋是趁它內訌的機會，五世達賴喇嘛開始與更強大的準噶爾蒙古聯絡，企圖借助準噶爾勢力牽制和碩特蒙古勢力；恰好此時準噶爾部也在進行政權交替，五世達賴喇嘛便支持了自己的弟子噶爾丹。噶爾丹殺回準噶爾部後開始了大規模的兼併戰爭，到了康熙年間，和碩特蒙古已經無力與準噶爾部對抗，而準噶爾部的首領噶爾丹至少在名義上，卻是和五世達賴喇嘛一條心的。

這第二步棋，實際上培養、扶持、拉攏了一個強大的準噶爾，既威懾「青海派」，也威懾了「西藏派」。

第三步棋，繼續徹底孤立近在眼前的「西藏派」。雖然達顏汗此時不管事，但說不準以後插手，況且固始汗的餘部怎麼會甘心放棄？最主要的，是「西藏派」表面上與「青海派」分家，但並不意味著徹底分裂。那個時代，蒙古各部的內訌和結盟就是家常便飯，內部矛盾在面對共同利益的時候，根本就不算矛盾。那麼，與其讓他們結盟，不如自己先拉攏一方、孤立另一方。所以，五世達賴喇嘛極力撮合噶爾丹的女兒嫁給了「青海派」博碩克圖濟農的兒子。

這樣，格魯派遠有清政府做總後台，中有準噶爾部做戰略威懾，近有和碩特蒙古「青海派」做基地，而達顏汗又沒有他父親固始汗的政治能力，此前掌握西藏政權的和碩特蒙古「西藏派」，已經完全被架空。

架空的標誌就是五世達賴喇嘛掌握了第巴的任命權，而最後一任第巴桑傑嘉措又是個厲害角色，在他的領導下，格魯派全面掌握了西藏的政教大權。然而桑傑嘉措對噶爾丹的倚重與支持，卻助長了噶爾丹的野心。他以哲布尊丹巴不尊重達賴喇嘛為名，於一六八八年起兵攻打漠北的喀爾喀蒙古，此後不聽從清政府的調停，一路打到烏蘭布通，威脅到北京。

可問題是，喀爾喀蒙古早在戰爭開始就歸順了清政府，此時，噶爾丹既不尊重中央政府的調停好意，又耀武揚威地武力威脅，這還了得？深知北部邊防戰略要義的康熙皇帝，於一六九

○年到一六九七年三次征討噶爾丹。雖然最終噶爾丹兵敗自殺，但實際上，也只能說清政府北部邊防、也就是漠北蒙古的喀爾喀部比較平定，準噶爾在西北的勢力仍然存在。

聯想到平定噶爾丹的前兩次戰爭，噶爾丹第一次剩了幾千人，第二次剩了幾十人，就這樣還打不死，準噶爾勢力的頑強可見一斑，康熙皇帝不可能不防著準噶爾部東山再起，況且，他們的大本營遠在伊利，絕不是平定了喀爾喀蒙古就可以一勞永逸的。

這就是康熙皇帝時刻提防的噶爾丹的侄子策妄阿拉布坦的原因。

康熙皇帝非常清楚，西北戰爭打的不是軍事，而是錢糧，這一仗再打下去，被拖垮的只能是自己，所以，平衡西藏、青海和回部的各方面勢力的利益關係，才是他處理倉央嘉措這步棋的根本原則。

然而，這利益關係卻不是那麼好平衡的。

第一，策妄阿拉布坦的父親叫僧格，本是準噶爾部的首領，但因爲部落內訌被殺，這才使得僧格的弟弟噶爾丹趁亂起兵殺回準噶爾。

按照繼承制度，噶爾丹平息部落內亂後，應該擁立侄子策妄阿拉布坦，但他卻取而代之，並曾暗中迫害他。在噶爾丹被康熙皇帝打得狼狽鼠竄時，策妄阿拉布坦「積極配合」，趁噶爾丹自殺之機順利謀取了準噶爾大權。但勢力做大了之後，他也走了噶爾丹的老路，開始和清政府陽奉陰違。比較典型的例子是，他利用清政府對桑傑嘉措的不滿，一再向朝廷參奏詆毀桑傑嘉措，企圖借助清政府的威力扳倒西藏地方貴族勢力，進而謀求自己在西藏的權力。也就是說，此時準噶爾從西藏地方勢力的戰略基地變成了反對派，並且繼續反對西藏的和碩特蒙古勢力，同時伺機反對清政府。

第二，康熙得知了五世達賴喇嘛早已經去世的消息後，因爲欺瞞朝廷和此前爲噶爾丹開脫罪責，桑傑嘉措在西藏的地位也不穩了，雖然康熙皇帝並未處罰他，但這使和碩特蒙古「西藏派」看到了東山再起的希望。

一七〇一年，達顏汗的繼任者、固始汗的孫子達賴汗去世，一七〇三年，他的兒子毒死繼任的哥哥後奪取了汗位，這就是野蠻而且傲慢的拉藏汗。拉藏汗的野心是恢復固始汗當年的特權，因此處處與桑傑嘉措爲難，並想以此繼續打擊支持桑傑嘉措的準噶爾部勢力，免得他們染指西藏事務。但桑傑嘉措寧願依附失勢的準噶爾，也不會甘心把權力交給和碩特蒙古「西藏派」的，因此他在此前一直爲噶爾丹開脫罪名。

第三，至於和碩特部蒙古「青海派」，角色極爲尷尬：博碩克圖濟農的兒子娶了噶爾丹的女兒，受了牽連，所以不受清政府的信任和支持；噶爾丹在世時，準噶爾部與「青海派」關係比較好，但此時的策妄阿拉布坦與噶爾丹早年有恩怨，所以對與噶爾丹聯姻的青海派也不支持；「青海派」本來就與「西藏派」鬧矛盾，與強硬的拉藏汗依然敵視；本來「青海派」的大後臺是桑傑嘉措爲代表的格魯派集團，也就是西藏地方貴族勢力，但這個大後臺又倒臺了。

總的來說，準噶爾與清政府、「青海派」、「西藏派」、西藏地方貴族勢力四面樹敵；「西藏派」與準噶爾、西藏地方貴族勢力、「青海派」三面爲敵；「青海派」在清政府、「西藏派」、準噶爾、西藏地方貴族勢力四個方面都撈不著便宜；而西藏地方勢力在準噶爾、「青海派」和清政府的後臺都不穩，卻要對付「西藏派」。

這就是當時西藏地方勢力、西藏蒙古勢力、青海蒙古勢力、回部蒙古勢力和清政府之間錯綜複雜的關係，可以說，它們之間純粹是貌合神離、勾心鬥角，今天互相拆臺，明天就有可能合作。

那麼，清政府的利益關係平衡點在哪裡呢？

康熙十分清楚，噶爾丹雖然死了，但準噶爾還是靠不住的，爲了不讓準噶爾的勢力坐大，就必須限制他們的發展，無論如何不能讓他們再與西藏方面結盟。西藏是兩股勢力：桑傑嘉措的西藏地方貴族勢力，和拉藏汗的「西藏派」蒙古勢力。顯然，要打擊的是依靠和支持準噶爾的桑傑嘉措，但不能徹底打倒，那反倒讓策妄阿拉布坦有機可乘，因此至少在一定時期內，康熙皇帝寬恕了桑傑嘉措此前的罪過。

但桑傑嘉措肯定還是要依附準噶爾的，別看現在策妄阿拉布坦在彈劾他，可一旦兩人有了共同利益，很快就會結盟，所以，限制準噶爾還要依靠拉藏汗勢力，於是康熙皇帝表面上採取了扶持拉藏汗的政策，還封給他一個「翊法恭順汗」。但康熙何嘗不知道拉藏汗是個貪心不足的野心家，過於支持他只會養虎爲患，在西藏弄出個「噶爾丹第二」來，而如果拉藏汗與準噶爾策妄阿拉布坦聯手，那就更無法收拾了。

這樣一來，「青海派」的存在就顯得極爲必要了，因爲它恰好在拉藏汗的「西藏派」和策妄阿拉布坦的準噶爾勢力中間，更重要的是，它也恰好離清政府的西寧大軍最近，而它此時連個靠山都沒有，對清政府誠惶誠恐，是個比較容易利用的勢力。更主要的，是絕對不能讓它和準噶爾聯手，否則西寧大軍都可能保不住。

這樣，「青海派」的利益砝碼就形成了：它既能牽扯住拉藏汗，不讓他在西藏做大做強，又能阻止準噶爾覬覦西藏，日後如果再對西北用兵，清政府也不怕準噶爾往西藏逃竄；同時，「青海派」失去了桑傑嘉措和準噶爾的支持，只好依附於清政府，清政府一方面打壓桑傑嘉措，給「青海派」演場殺雞儆猴的戲，另一方面也得適當地支持一下他們，免得拉藏汗輕易吞併他們或者兩派聯手。

這樣的政治戰略論斷，實際上並不是康熙皇帝第一個做出的，早在一六五四年固始汗去世後，五世達賴喇嘛便籌劃擺脫和碩特蒙古對西藏的統治，當時他就說，「彼處（青海）是漢、藏、蒙三者會集的要衝之地……戴黃帽的教派（指格魯派）之所以能同北方的施主們接近，關鍵在於青海地方的安寧。」正是在這一戰略思想下，五世達賴喇嘛才趁和碩特蒙古內訌之機，積極插手青海事務，直接培養出了「青海派」來。

這一時代中國的兩位偉大政治家，幾乎在同一時間敏感地意識到青海的重要性，此時，從康熙的角度重新敘述五世達賴喇嘛的話，就是「清朝之所以能同西藏接近，關鍵在於青海地方的安寧」。

這樣的利益分配，實際上用一句話就可以概括：康熙皇帝想要一個穩定的西藏。

康熙把清帝國西部邊疆藏傳佛教影響到的區域，在戰略上以青海爲界，劃分爲西藏和西北兩塊，這兩塊不能聯合起來，否則清帝國西線邊防撐不住，而這兩塊也不能同時亂，因爲清朝應付不了雙線作戰，所以，能穩定一塊是一塊，比較現實的，就是穩定西藏。

眼看策妄阿拉布坦蠢蠢欲動，而且此時準噶爾還打擊了一下沙俄的入侵，如此強悍的兵力，康熙怎麼能不防？但防準噶爾就無力防西藏，而穩定西藏，只能對拉藏汗「西藏派」的一些無理要求暫時妥協。做出這樣的政策，康熙也是不得已，如果清政府和拉藏汗打起來，準噶爾肯定趁勢作亂，現實情況是大清國根本連一仗都打不起，就在一七〇六年倉央嘉措「死」的前些時候，河南省內黃河河道決口，國庫裏只有五十萬兩銀子，連賑災都不夠，拿什麼打？

此時的策妄阿拉布坦還算聽話，康熙能不惹他就不惹他，彼此相安無事就行，但拉藏汗是不是聽話呢？

康熙皇帝要試他一下，一七〇六年，他派出護軍統領席柱、學士舒蘭下旨意給拉藏汗，要他將「假達賴」倉央嘉措押解到北京來。當時，拉藏汗不肯，康熙皇帝很有信心地對大臣們說，別看他現在不肯，過一陣子他就會主動地送來了。

實際上，康熙皇帝要一個「假達賴」來幹什麼呢？真的押解到京城後，他只能面臨兩條路：其一，承認倉央嘉措是「假達賴」，這樣，無論是處死還是囚禁，既得罪了藏民，又縱容了拉藏汗，還必然會給準噶爾反叛的藉口，所以，我們前面分析「五臺山囚禁說」可信度非常低，就在於此；其二，不承認他是假的，那麼，養在北京，不是那麼回事，而且也容易惹起戰端；放回去，得罪拉藏汗，準噶爾也正好可以以「拉藏汗誣陷真達賴」爲藉口去打他，西藏肯定大亂，真到那時候，清政府幫誰？幫拉藏汗打準噶爾，沒錢打，況且勝負難料；幫準噶爾打拉藏汗或者誰也不幫，那就眼看著西藏落入準噶爾手裏。

無論如何，只要倉央嘉措一到北京，從五世達賴喇嘛起形成的達賴－蒙古共治西藏的政治體系就會完全破裂，西藏必亂無疑。

至於倉央嘉措是真達賴還是假達賴，此時已經不那麼重要了，只要西藏能穩定幾年，各方相安無事，維持暫時的「和平」，這才是最重要的。

在當時，清政府對西藏的統治遠沒有後來那麼強大，康熙在保證倉央嘉措不被策妄阿拉布坦接去「挾天子令諸侯」的前提下，不到萬不得已，是不能接這個燙手的山芋的，一旦被捲進去，各方矛盾的焦點就都轉嫁到他身上了，惹火上身的事，聰明的人都不會做的。

所以，康熙才不可能真要倉央嘉措呢，他只不過想試探一下拉藏汗是不是聽話。

但此時拉藏汗卻做了一件蠢事——取道青海送倉央嘉措入京。他蠢就蠢在不明白康熙的帝王心思：這樣一個關係重大的人，康熙皇帝怎麼會不派西寧駐軍接應？而他本人也並未請旨，是走青海還是走四川打箭爐？出了藏區如何與朝廷接洽？他似乎統統不知道。

在政治中，聽話的表現不僅僅是照辦，更重要的是辦得讓對方滿意，別惹事。

拉藏汗表現自己聽話的正確做法，是請旨後與清軍聯合行動，而不是自行押送，更不是從青海押送。青海是康熙利益天秤上的平衡點，和碩特蒙古的「西藏派」、「青海派」和準噶爾部勢力在此地都有影響，如果倉央嘉措被策妄阿拉布坦搶去，準噶爾部手裏攥著個活佛，「青海派」的存在還有什麼價値？而且顯而易見的是，事情發生在青海，準噶爾部肯定會藉口興兵，一舉占領青海、直接威脅西藏。

所以，《倉央嘉措秘傳》中的說法是有可能發生的：康熙下旨問，你們把倉央嘉措送給我，讓我怎麼辦呢？讓我在哪兒養著他？是讓我把他當真達賴呢，還是當假的？

拉藏汗爲難了，繼續走下去是不可能的，但帶著倉央嘉措返回拉薩，難道要自己供養著？此時是廢也廢不得，殺也殺不得，養著還不甘心，而且押送行爲肯定已經激起「青海派」和準噶爾部的不滿，他怎麼辦？

最終的辦法只能有一個：讓倉央嘉措消失，犧牲一個人，換取局面的暫時穩定。

這一點也是「青海派」樂於看到的，此時再保倉央嘉措，豈不是爲桑傑嘉措翻案？爲他翻案不就將拉藏汗、準噶爾和清政府都得罪了嗎？所以，當後來「青海派」得到年幼的第七世達賴喇嘛格桑嘉措的時候，掌握了和「西藏派」對抗的最大資本，也就得樂承認倉央嘉措「死去」了。

而在「青海派」沒有掌握格桑嘉措前，他們也許將「放行」後的倉央嘉措秘密保護起來了，因爲阿拉善恰好就是和碩特蒙古「青海派」掌握的地區，這就形成了蒙文《哲布尊丹巴傳》中的「營救說」，所以這個說法也是可以解釋得通的，與「放行說」並不矛盾。

而從拉藏汗的角度出發，「西藏派」早想對倉央嘉措除之而後快，借此削弱桑傑嘉措的殘餘勢力和「青海派」的威脅，以便立自己勢力下的益西嘉措為達賴喇嘛。

兩派心照不宣的結果就是，讓倉央嘉措「消失」。這個「消失」不可能是謀殺，誰先動手誰就給人以口實，政治上永遠被動，所以只能「請」他走，只要保證以後隱姓埋名、別鬧出事來，願意去哪兒就去哪兒吧。這樣，「青海派」和「西藏派」都可以暫時平安，寄希望於最後一搏。

而康熙也不願意在這個時候把火引到自己身上，倉央嘉措一「死」，青海、西藏的蒙古各勢力之間，以及他們與清政府之間的利益關係，暫時維持平衡，因此，康熙接受了他的「死訊」，而且根本沒有追究。

一個「死」了的倉央嘉措，比他活著的貢獻還要大，這個貢獻，是清政府用相對和平的十三年積蓄了國力，最後徹底解決西部問題。

當然，對這段時期發生的事情，尤其是對康熙皇帝前後兩道矛盾的諭旨，還有另外一種解釋的途徑，那就是欽差護軍統領席柱、學士舒蘭兩人，實際上已經明白了康熙的心理，所謂的「令拘假達賴赴京」，實際上就是給拉藏汗一個面子，以安其心，讓他別惹出事端來。所以，當真的押送倉央嘉措赴京時，我們會發現一個非常奇怪的現象：按照史書記載，倉央嘉措是在一七〇六年五月十七日啓程的，但十二月才走到青海湖，雖然其間經歷了格魯派僧兵的營救，但也不至於耽誤這麼多時間。

我們可以對比一下五世達賴喇嘛進京的日程，一六五二年三月十五日從拉薩啓程，七月十一日到達青海湖畔，而且中間有史可查的駐留大概有一個月，那麼，實際上路程所用時間最多一百天左右，可倉央嘉措這一行程走了多長時間呢？六個半月。況且，我們要知道，五世達賴是邊走邊做法事，而軍事押送應該是純粹的行進而不是遊逛，所以，從兩者的時間對比上看，倉央嘉措的押送是非常緩慢的，不排除席柱、舒蘭兩人有意拖延、等待後一道諭旨的情況，因爲他們非常清楚，一走下高原，進入陝甘地界，那麼，與押送到京城無異，因爲那就意味著清朝政府事實上已經接手，而這個人是康熙不可能要的，所以，他們一定要將倉央嘉措的事情解決在高原上，一定要在青海地面等到第二道諭旨。

至於《倉央嘉措秘傳》中記載的欽使十分慌張、害怕，只不過是做戲而已，而他們事實上也用不著上奏朝廷倉央嘉措的真實下落了，這種事情心照不宣就可以了，康熙也根本用不著追究。康熙實際上是用這個辦法，將倉央嘉措「帶出」拉藏汗管轄的西藏，進入到清政府可以操控的青海界面的時候，有意讓他「消失」，既給了拉藏汗充足的面子，也平息了各方面的關係。

由此看來，倉央嘉措的「死」，實際上是康熙皇帝犧牲他個人、換取地方政治局勢平衡的必然選擇，這是個各方政治勢力在對抗與妥協的微妙關係中達成的政治交易，結果就是，倉央嘉措不再出現在政治舞臺上，對外的「官方說法」是「病逝」。

當時，康熙皇帝也許在暗暗祈禱：倉央嘉措，爲了帝國的利益，爲了給我一個難得的政治時機，你先「死」了吧，我的繼任者會還給你應有的待遇的。

後世的乾隆皇帝何嘗不理解當年這步棋？等到一切塵埃落定的時候，終於替他祖父還了債。

還是那句話，政治家做決定，考慮的不是情理，而是利益；爲了一個穩定的西北、爲了積蓄國力，犧牲掉一個活佛又算得了什麼？

很多人會不理解這個推測，在清代，皇帝不是一直尊崇活佛嗎？康熙這樣的心思，難道不是對活佛的不敬嗎？

沒錯，清朝是比較尊崇藏傳佛教，對達賴喇嘛和班禪額爾德尼也是尊崇有加，但從帝王權術角度出發，這只不過是個政治工具而已，難道他們真的相信活佛可以凌駕於蒼生社稷之上？

舉幾個簡單的小例子：

一七一三年，康熙皇帝冊封班禪額爾德尼，分化西藏政教權力；一七二八年，雍正將後藏地方政教權力劃給班禪，不受達賴喇嘛管轄；一七五一年，乾隆加強駐藏大臣的權力。

乾隆年間，六世班禪的一個兄弟是噶瑪噶舉紅帽系第十世活佛，另一個兄弟是札什倫布寺的仲巴活佛，還有一個侄女是香巴噶舉桑定寺的女活佛，而八世達賴喇嘛與六世班禪也是親戚。乾隆皇帝察覺出這個問題，說，「佛豈有爲私？」因此，清政府制定了金瓶掣簽制度，「去轉生一族之私」。

一八一五年，九世達賴喇嘛年僅十一歲就去世了，而在此前西藏各方都說他出生前後有種種「靈異」表現，因此沒有進行金瓶掣簽。一八一八年，西藏各方又說找到的靈童也很「靈異」，還要求直接認定，嘉慶皇帝大怒，說「今所報幼童，其所述靈異何足徵信」？認爲那些「靈異」說法都是扯蛋。

一九〇四年，英軍入侵西藏，十三世達賴喇嘛土登嘉措前往北京求助，而駐藏大臣、投降派有泰卻向朝廷奏報說，土登嘉措「貽誤兵機，擅離招地」，清政府革去了土登嘉措的十三世達賴喇嘛名號。一九一〇年，土登嘉措在清政府錯誤政策壓迫下逃亡印度，又一次被革去達賴喇嘛名號。

至於清政府干涉活佛轉世條件、停止犯罪活佛的轉世等等事情，也有很多。從這個角度看來，不是清朝皇帝對活佛不尊崇，只不過這種尊崇是有條件的，如果謀私、舞弊、甚至危害到地方政治和祖國統一，皇帝是不會手軟的。

6

按照以上分析，關於倉央嘉措的身後迷蹤便可以排出一個清晰的時間表，而「阿拉善說」裏一些難以琢磨的疑案也可以迎刃而解。

一六八二年，五世達賴喇嘛去世，桑傑嘉措隱匿消息，並延續五世達賴喇嘛生前的政策，繼續大力支持噶爾丹。此後他秘密培養倉央嘉措，培植本土勢力，希望建立一個以五世達賴喇嘛爲範本的政治格局。

一六八八年起，噶爾丹吞併河套地區、統治天山南北、控制青海後，以哲布尊丹巴不尊敬達賴喇嘛爲藉口出兵喀爾喀蒙古，期間不聽從清政府調停，兵火直接威脅到中原地區。

一六九〇年到一六九七年，康熙皇帝三次征討噶爾丹，噶爾丹自殺，其侄子策妄阿拉布坦繼任。此時康熙得知五世達賴喇嘛已死多年，對桑傑嘉措狠狠地訓斥了一頓，卻並不想過度打壓，於是認可了倉央嘉措的身分，批准他坐床，以免引起西藏動盪。

一七〇三年，拉藏汗繼位，他不滿自己有職無權的現狀，處處與掌握實權的桑傑嘉措爲難，一七〇五年，桑傑嘉措鋌而走險，兵敗被殺。拉藏汗以倉央嘉措是「假達賴」爲藉口，請求廢黜，並立自己選定的益西嘉措（有學者認為這是他的私生子）。

一七〇六年，康熙派護軍統領席柱、學士舒蘭下旨意給拉藏汗，要他將「假達賴」倉央嘉措押解到北京來，實際上，康熙只不過是試探拉藏汗對中央政府的態度。

一七〇六年冬，倉央嘉措被押解到青海時，和碩特蒙古「西藏派」和「青海派」將他「放行」，並以「病逝」爲由上報朝廷。康熙也很滿意這樣的結局，爲了息事寧人、不激化各方面的矛盾，所以在沒有屍首、遺物等情況下，認可了這種說法，而且很明智地不予追究。

而「放行」後，也許「青海派」背地裏接走了倉央嘉措，由此形成蒙文《哲布尊丹巴傳》中的「營救說」，不過，這一說並不影響整個「阿拉善說」的大局。

一七〇七年，拉藏汗未經選定就奏報朝廷，已經立益西嘉措爲六世達賴喇嘛，企圖造成既定事實。但西藏地方政府和格魯派並不承認。而爲了穩住西藏局勢，康熙默認了益西嘉措的身分，只不過，其金印印文爲「敕賜第六世達賴喇嘛之印」，而非「敕封」，一字之差，實際上透露出康熙的真實想法。很快，一七一三年，康熙冊封第五世班禪洛桑益西爲「班禪額爾德尼」，實際上是削弱達賴喇嘛的治藏權力，治權逐步收歸到中央政府。

一七〇八年，格桑嘉措出生，被格魯派認定爲倉央嘉措轉世靈童。此後康熙和拉藏汗都曾派人查訪，尤其拉藏汗甚至想加害他，於是，一七一四年前後，格桑嘉措輾轉避難到青海，受到「青海派」首領羅卜藏丹津和博碩克圖濟農之子察罕丹津（此時為郡王）的歡迎。

一七一五年，「青海派」奏請清政府承認格桑嘉措「真達賴」的身分，並且要武力護送他回拉薩。此時清政府正對準噶爾用兵，不希望青海西藏動亂，因此以武力威懾穩定局勢。後來將格桑嘉措送往塔爾寺。這一舉動實含良苦用心，塔爾寺是格魯派的主要寺廟，地處西寧附近，是蒙古和西藏的交通要道，這一方面便於軍隊保護，另一方面便於格桑嘉措博得兩族各階層人心。

一七一六年，倉央嘉措來到阿拉善旗，結識了阿旺多爾濟一家。

一七一六年，康熙先後兩次給格桑嘉措下旨，旨意中明確表示：「爾實係前輩達賴喇嘛轉世」。此時實際上有兩個達賴喇嘛，但清政府已經牢牢地將格桑嘉措掌握在手裏，而且與「西藏派」和準噶爾部都有矛盾的「青海派」，勢力逐漸壯大。

一七一七年，準噶爾部入侵西藏，殺掉不得人心的拉藏汗，廢黜了益西嘉措。此前康熙默認益西嘉措爲六世達賴喇嘛，實屬不得已爲之，畢竟清政府應付不了西藏、西北兩線作戰，因此，一方面承認益西嘉措、穩定西藏；一方面著力培養格桑嘉措、穩定青海，只等時機成熟後一舉解決。此時準噶爾先和拉藏汗火併，省了康熙很大的力氣。

一七一九年到一七二〇年，康熙任命皇十四子允禵爲撫遠大將軍，對西藏用兵，並護送格桑嘉措入藏。此舉可謂一舉四得：一、拉藏汗已死，徹底清除西藏的和碩特蒙古勢力；二、驅逐了準噶爾部，顯示了清政府的實力和威嚴，得到藏民擁戴；三、將對清政府十分忠心的格桑嘉措立爲達賴喇嘛，西藏宗教集團和地方貴族勢力從此更加服膺清政府；四、在西藏地方事務上，軍事上借此機會駐紮軍隊，政治上除舊布新，徹底清除蒙古勢力在西藏的統治和蒙藏之間多年的鬥爭，加強中央對西藏的統治。

但「青海派」的羅卜藏丹津原以爲自己會接替拉藏汗當個有實權的「藏王」，沒有達成個人目的便心生不滿，後來公開反叛，這簡直是不識時務。此時「青海派」的歷史使命已經結束了，康熙駕崩前曾囑咐雍正儘量與準噶爾部和平相處，西藏也有了清政府駐軍，「青海派」的存在還有什麼用處？

至此，可以說，康熙當年犧牲倉央嘉措一人換來的十幾年穩定，已經收到了成效。

一七二〇年，康熙正式冊封格桑嘉措爲「弘法覺眾第六世達賴喇嘛」。實際上，康熙不是不清楚，格桑嘉措在藏族人民心目中是倉央嘉措轉世，他應該是第七世，只不過，此時準噶爾部還未降伏，他不能將多年前的公案點破。

一七二四年（雍正二年），雍正冊封格桑嘉措爲「西天大善自在佛掌管天下佛教知一切斡齊爾達賴喇嘛」，既不說他是六世，也不說他是七世。而恰在這一年，他下令阿拉善旗民眾遷居青海，或許，他是知道倉央嘉措當年未死的。

一七二四年到一七四五年，倉央嘉措在阿拉善和青海之間往來，據說擔任了十三個寺廟的堪布。一七四五年，倉央嘉措在阿拉善圓寂。

一七五六年，阿拉善當地建造南寺，倉央嘉措的肉身塔也建在這裏。

一七五七年，清政府徹底平定了準噶爾叛亂，在西藏、青海和蒙古等問題上，清政府再無後顧之憂，但當年康熙皇帝耍的政治手腕卻是不能被外人知道的，因此乾隆朝有意銷毀相關檔案，尤其是當年護軍統領席柱、學士舒蘭揭露「放行」真相的奏摺和康熙首鼠兩端的後一道旨意，所以正史記載中只存有「病逝說」。

但他想不到，正是這一年，阿旺多爾濟寫成了《倉央嘉措秘傳》。

一七五七年，格桑嘉措去世。直到此時，乾隆皇帝還是沒有確定格桑嘉措是第幾世達賴喇嘛，他等的是一個時機，一個塵埃落定的時機。

一七六〇年，乾隆皇帝感念倉央嘉措當年的悲劇性結局，給不起眼的南寺賜名廣宗寺，授予鐫有藏滿蒙漢四種文字寺名的御筆金匾，以此肯定了倉央嘉措的貢獻。

但阿旺多爾濟是必須死的，於是，不久之後，阿拉善郡王羅布藏道爾吉將阿旺多爾濟迫害致死，郡王敢殺活佛，只能理解爲有強大的後臺支持，羅布藏道爾吉此後也很快去世，恐怕是有殺人滅口的嫌疑。

一七八〇年，乾隆御筆撰文《須彌福壽之廟碑記》，碑文用滿蒙藏漢四種文字正式宣布：

「黃教之興……八轉世而為今達賴喇嘛」，雖然沒有正式冊封，但已經默認格桑嘉措的轉世靈童強白嘉措為八世達賴喇嘛。

一七八一年，清政府正式冊封強白嘉措為八世達賴喇嘛，從而理順了歷史遺留的達賴喇嘛序位問題。這就是乾隆皇帝苦等的那個時機——變相承認倉央嘉措是真正的六世達賴喇嘛，既不明確否定康熙的「過失」，也不一錯再錯地丟皇家的臉面，此時清政府對西藏的統治制度完備、人心膺服，沒有人願意細究當年的老賬，還給倉央嘉措歷史身分的時機終於到來了。

第五章　即生成佛有何難

——告訴你一個真實的倉央嘉措

當瞭解了倉央嘉措的生平，瞭解了他生活那個時代獨特的社會背景之後，我們還要解決兩個問題：一、倉央嘉措的私生活與死因之間，到底是個什麼關係？它們是同一個性質的問題嗎？二、既然倉央嘉措沒死，他爲什麼不抗爭，爲了自己真實的身分和應有的尊嚴，難道他就真的甘心隱姓埋名的終老？

在大多數人的心中，對第二個問題是比較感興趣的，任何人受了這種不公平的待遇，哪怕爭取不到，心中總也應該有些不屈，可是，倉央嘉措不。

爲什麼不？這個答案要在第一個問題中去尋找。

在前文我們曾經說到，他的「生活之謎」和「死因之謎」是可以聯繫在一起看的，這個聯繫的方法就是從他的真實身分、當時的政治局勢以及歷史發展的觀點出發，而不單純地就事論事。

第六世達賴喇嘛倉央嘉措，和第巴桑傑嘉措，內心中都想完成一個以五世達賴喇嘛爲範本的政治藍圖，對這個政治藍圖的實現方法產生的不同思考，是造成他生活懶散、不守清規的原因，也是他與桑傑嘉措必定死亡的原因。

這個政治藍圖爲什麼要以五世達賴喇嘛爲範本呢？首先不排除格魯派和西藏人民對他的

崇敬心理，他們認爲一位優秀的領袖就應該這個樣子；其次，實際上，他們也想不出其他的方案。

在五世達賴喇嘛之前，格魯派處處受排擠，從來沒有掌握過政權，他們的處世方法是四處「結善緣」，也就是哪方實力比較雄厚，就請哪方給自己當「施主」，交易手段就是互贈封號。可實質上，他們的宗教影響力多少是被政治勢力利用的，哪裡有平白無故給你當靠山、但絲毫利益不占的政治集團呢？

可在五世達賴喇嘛之後，他們掌握了政權，原本掌握的宗教影響力也逐漸轉化爲政治資本，以前結盟時隨便就可以給人家一個宗教性的名號，可現在他們的名號不單純是宗教頭銜，而是「値錢」的政治名分了。

正處於從宗教集團向政教集團轉型期的格魯派和西藏貴族勢力，都在思考一個問題：這個新型的集團往何處去？

桑傑嘉措給出的答案，是嚴格遵循五世達賴喇嘛生前的政治思路，建立一個與各方聯合、但誰也不能插手自己內部事務的政治格局，同時，要塑造宗教上絕對權威的達賴喇嘛。

倉央嘉措對這一藍圖的設計是滿意的，但對它的實現方法有所思考，因爲他十分清楚從五世達賴喇嘛開始，活佛的主要功能、基本任務和領導方式已經產生質變了，現在不是「結善緣」、「找關係」的時代，實際上自己是有政治話語權的，已經進入一個新型的領導模式了。

格魯派集團給出的答案，顯然也是遵循五世達賴喇嘛生前的政治模式，那就是要求活佛必須有絕對的宗教權威，但政治上怎麼處理，和各方軍事、政治勢力如何相處，還要摸著石頭過河，也許完全可以請所有勢力都當自己的「施主」，此後將政治糾紛用宗教方法來解決。

實際上這幾種思考都沒有錯誤，任何一個時代的轉型期，都會遇到「往哪裡走」、「怎麼走」的問題，每個人都可以提出自己的想法和意見，但這條路，一定是歷史的選擇，一定是符合歷史規律的選擇，否則，前人雖然做得轟轟烈烈，做了有益的嘗試，也終究會以失敗告終。

桑傑嘉措和倉央嘉措就是這樣的人，他們嘗試著建立一個對外來勢力依靠但不依賴、外來勢力聯手而不插手、活佛用宗教影響政治的新型模式，這種努力是有價值的；同時它也是十七世紀下半葉以五世達賴喇嘛爲代表的西藏人民摸索的一條道路，無論這條路走得成功還是失敗，從歷史的觀點來看，都是對國家和人民有卓越的貢獻的。

但爲什麼桑傑嘉措到最後沒有走通呢？

因爲以他爲代表的西藏貴族勢力忽視了歷史規律，他設計得太過理想化了，他的藍圖需要與每一個政治勢力都和平相處，有了糾紛的時候，再用宗教力量解決，但是，「施主」們要你的宗教影響力幹什麼，還不是爲了政治利益？宗教力量哪裡有軍事力量好使？

而他致命的錯誤又在於，對待外來勢力，還用互贈封號的老辦法應付，沒有適應新的歷史條件下產生的變化。比如，對清政府，他以爲一六五三年五世達賴喇嘛見了順治皇帝，對方就成爲「大施主」，自此兩方和平相處、有事幫忙就可以了。豈不知，清政府給五世達賴喇嘛的不是地方政權的贈號，而是中央政權冊封的封號。他似乎沒理解這個名號的變化，將清政府與蒙古各部的勢力同等對待，又嚴格執行自己設計的政治藍圖，所以，康熙讓他攻打吳三桂，他給吳三桂求情；康熙平定噶爾丹，他給噶爾丹開脫；五世達賴喇嘛去世，他匿喪不報告。

可是，這能怪桑傑嘉措嗎？不能，他只不過想建立一個五世達賴喇嘛設計的政治格局，完成他的政治遺願。況且，當時的清政府，江山都沒怎麼坐穩，今天吳三桂打下長江以南，明天蒙古人在北邊造反，說不準什麼時候這個「大施主」也要倒臺，到時候，西藏地方政治局面，還不是得由自己的藍圖才能穩定？

所以，這條路他要堅定地走下去，哪怕最終失敗。

因爲他別無選擇。

是的，他別無選擇，可別的人、別的政治勢力有選擇嗎？

也沒有。

任何一種政治格局，都不是哪個帝王將相的個人作品，一定是人民的選擇；任何一種政治形態，都不是當時人的思考結果，而是時代的選擇、歷史的選擇——這，就是倉央嘉措和桑傑嘉措以及康熙皇帝無法避免的歷史規律。

那麼，這條歷史規律具體到十七世紀後半葉的西藏來說，到底是什麼呢？

非常簡單的答案——和平。人民需要和平，地方政治需要和平，國家需要和平。而和平，只有在祖國統一、中央政權建立了完備的地方政治制度的前提下才能實現。

桑傑嘉措和倉央嘉措的理想化藍圖沒有錯，他們是想要給西藏人民一個和平的發展環境，但是，在當時的歷史條件下，他們是不可能完成的，人民的和平願望在各方政治勢力的勾心鬥角下成爲泡影。況且，他們設計的那個理想的格局，幾乎是沒有穩定運行的可能性的，因爲，它根本沒有制度保障，而能提供制度保障的，只能是中央政權。

歷史規律是不可能逆轉的，和平和統一在某種意義上，不是應不應該，而是需不需要，也就是說，時代和人民需要它，就是必然的選擇，此時，不要講什麼道義。這就好比我們中國歷史上的幾次少數民族政權，評價它們的角度不是漢夷之爭這樣的道義問題，而是要看這個政權給最廣大的人民帶來了多少利益。

而十七世紀後半葉的西藏，就是處於對和平與統一的建設過程中，每個人都在地方政治局勢的轉型期中思考，每個人都有自己的藍圖，但完成這個設計的，不要理解爲清政府，它是最終的實現者，卻不是設計者，真正的設計者，只能是人民和歷史規律。

因此，爲了這個和平局面的到來，倉央嘉措必須「死」，這是他個人無法抵擋的歷史賦予他的使命。只有他的「死」，才能爲最終完成西藏的和平與統一贏得時間，也才能最終給自己曾經思考過的問題找到答案。

這個答案是他想找但沒有找到的，對格魯派集團和西藏政局發展的思考與他的時代背景產生的矛盾，形成了他的生活之謎；這個思考與歷史規律之間造成的矛盾，形成了他的死因之謎。從這個意義上說，他的生活之謎和死因之謎，是同一個性質的問題。

至此，關於倉央嘉措的生平謎團，我們大概有了一個答案。這個答案，恰好也解決了前面提到的第二個問題——他隱姓埋名十幾年、西藏局勢穩定後，他為什麼不爭呢？難道真的心甘情願當個普通人？

是的，他情願。因為他看到此時格魯派找到了他青年時曾經苦苦尋探索路，實現了他心目中的那個政治藍圖——活佛成為絕對的宗教權威、格魯派政府建立了有保障的政教體制、與各外來勢力形成良好的關係；而他當年思考的活佛主要功能和基本任務，事實上也給了他一個滿意的答案，他知道，他理解的是對的。

當一個人見到自己的理想實現時，哪怕並不是最終由自己完成的，也會是欣喜和慰藉的。此時，那個名分又算得了什麼呢？此時，再出來爭，不就破壞了自己夢寐以求的理想世界了嗎？

這一點，孫中山做到了，華盛頓也做到了，幾乎所有心懷天下的政治家都能做到。

所以，倉央嘉措不爭了，而他的心也安定了，甚至是快樂的，就當自己「死」了吧，這一「死」，換來了西藏的安定和平，換來了一個穩定健全的政治制度，換來了幾代活佛為之奮鬥的理想格局。

這就叫死得其所，這也叫死得瞑目。

從這個意義上來說，倉央嘉措，不愧是一個活佛，一個真正為天下蒼生著想的佛。

重譯詩歌，重現倉央嘉措

藏傳佛教格魯派的第六世達賴喇嘛倉央嘉措，是一位非常獨特的歷史人物，他的獨特之處體現在民間，比如，大多數人叫不出歷輩達賴喇嘛的法名，可「倉央嘉措」這四個字卻耳熟能詳，大多數人說不出歷輩達賴喇嘛的著作，卻多少能背出幾句倉央嘉措寫的詩。可以說，就是因為他的詩和他傳奇般的生平經歷，他從高高在上的法臺上走了下來，進入了民間。

然而，一個非常遺憾的事情是，很多人直到現在，依然把一首名叫《信徒》的歌詞當作倉央嘉措的代表作，「那一世，轉山轉水轉佛塔，不為修來世，只為途中與你相見」，幾乎提到這幾句話，很多人都會抒發自己的感慨——唉，倉央嘉措寫得一手好詩啊。

這確實是有些搞笑的狀況，人們都知道倉央嘉措寫詩，並且表示喜歡他的詩，然而，卻不知道他寫了哪些詩，甚至張冠李戴地認為別人的作品是他所作。

一、早期譯本中倉央嘉措詩歌的篇目數量

事實上，所謂的「倉央嘉措情歌」，客觀地說，只是在民間流傳了寥寥幾首，比如「東山明月」、「不負如來不負卿」、「第一最好不相見」等等，這幾首詩可以說盡人皆知；但是，若讓一位自稱喜愛倉央嘉措詩歌的人再列舉出幾首來，估計是很難說得上來的。

那麼，倉央嘉措到底寫過哪些詩，流傳到今天的有多少首呢？

很遺憾，就連這個簡單的問題，都沒有一個確切的答案。

這是因爲，直到二十世紀初期，這些詩歌的傳播經歷了兩百年之久，但卻沒有刊印本，一直是以手抄本和口口相傳的形式流傳的。很顯然，以這種形式流傳，具有很強的變異性，增刪的可能性很大。

到了二十世紀，尤其是于道泉先生開創了倉央嘉措詩歌漢譯的先河後，詩歌的數量問題有了基本的答案。對詩歌數量做了詳細統計的，是我國藏族文學研究的開拓者佟錦華（一九二八～一九八九年）先生，他在《藏族文學研究》一書中曾提到：

「解放前即已流傳的拉薩藏式長條木刻本五十七首；于道泉教授一九三〇年的藏、漢、英對照本六十二節六十六首；解放後，西藏自治區文化局本六十六首；青海民族出版社一九八〇年本七十四首；北京民族出版社一九八一年本一百二十四首；還有一本四百四十多首的藏文手抄本，另有人說有一千多首，但沒見過本子。」

由以上的幾組數字看來，就連佟錦華先生，也無法確定詩歌數量。而這個數量，是隨著出版者的版本不同而變化的，那麼，我們就有必要瞭解一下倉央嘉措詩歌的出版版本。

近些年，倉央嘉措詩歌漢譯本出版過多種，但大部分是根據以前的漢文譯本重譯的，也可以叫做「潤色本」，而最有影響力、有代表性的版本，就是于道泉先生一九三〇年的譯本，是漢譯本中最早的，他翻譯了六十二節計六十六首，這個數字也應該視爲倉央嘉措情歌流傳到二十世紀初時的大概數量。

因此，我們有必要了解一下于道泉先生翻譯詩歌的前前後後，最主要的，是他在哪裡得到這六十二節藏文的原本。

二、于道泉本六十二節的真實來歷

于道泉（一九〇一～一九九二年），我國著名的藏學家、語言學家、教育家。他精通梵文、藏文、蒙文。一九二六年，他受聘請爲京師圖書館做滿、蒙、藏文書的採訪和編目工作。當時，他結識了兩位藏族朋友，一位是西藏駐京僧官降巴曲汪，一位是藏文翻譯官楚稱丹增，這兩人在雍和宮北大門居住。因爲于道泉對藏文很有興趣，於是兩人將雍和宮的一間房子借給他住，平時教他研讀藏文。

就是在這個時期，有一位西藏友人從拉薩來到北京，他隨身帶了一本梵式的小冊子《倉央嘉措》，內容就是所謂的「倉央嘉措情歌」。

需要說明的是，這本小冊子的原文，是詩句二百三十七句，兩句爲一段，並不分節。

由於正在研讀藏文，而且，于道泉本人對詩歌也很感興趣，於是，在藏族朋友的幫助之下，他將這二百三十七句翻譯爲漢語，並依照詩句的意思，給它分爲了五十四節。

此後，于道泉又從另一位朋友那裏得到一本印度人達斯（Das）所著的《西藏文法初步》，見其附錄中也有倉央嘉措情歌。

于道泉經過與「拉薩本」小冊子的對照，發現兩本不完全一致，「達斯本」是二百四十二句五十五節，其中，「拉薩本」的第十一、廿三、廿四、廿六、廿七、四十五，這六節「達斯本」裏沒有，而在「達斯本」五十四節後多出七節。將這多出的七節翻譯之後，就形成了于道泉譯本中的第五十五節到第六十一節。

那麼，于道泉譯本的第六十二節又是從何得來呢？這是根據一位西藏朋友口述後的補遺。

這就是于道泉譯本六十二節數量的來歷。

從這兒可以看出，第一，拉薩本、達斯本和藏人口述（一首）是于譯本的淵源；第二，六十二節這個數量是于道泉人爲劃分出來的，「拉薩本」原本實際上是不分節、連著念的，但因爲于道泉的整理比較符合詩意，因此出現了倉央嘉措詩歌的數目。

而後世人在于道泉譯本的基礎上，重譯、潤色的版本，也都遵照了這個數目。但我們必須清楚的是，「拉薩本」本身是沒有數目的。

于道泉先生譯後，曾將文稿交給許地山先生潤色修改，但終不滿意，於是就放在一邊了。

到了一九二七年，陳寅恪先生推薦于道泉進入中央研究院歷史語言研究所，這個時候，于道泉又將文稿潤色後，向傅斯年先生提出申請出版，這就形成了「國立中央研究院歷史語言研究所」版本的《第六代達賴喇嘛倉央嘉措情歌》，它在一九三〇年由「研究所單刊甲種之五」的形式正式出版，這也就是第一本倉央嘉措詩歌漢文本。

在出版詩稿的同時，于道泉先生還撰寫了一些補充性質的文字，大致有《自序》、《譯者小引》、《附錄》等等，其中講述了倉央嘉措生平、翻譯詩稿的緣起和若干需要解釋的問題。

于道泉先生的譯法，簡單來說是「逐字逐句」的「直譯法」，最大程度地保留了詩歌的原意。但是因爲要照顧到文字的原汁原味，所以，于譯本在現今看來，讀起來有如嚼蠟，有的詩作絲毫沒有詩意，而且有很多粗陋之處。對這個問題，于道泉先生也承認，「翻譯時乃只求達意，文詞的簡潔與典雅非我才力所能兼顧」。

不過，這個版本雖然讀起來不好看，價值與意義卻是非凡，第一，如果沒有藏文原本，或者不會藏語，也可以使很多學者研究倉央嘉措詩歌，這是個比較客觀的漢文資料；第二，這個譯本對後世影響極大，它開創了倉央嘉措情歌翻譯及研究之先河，可以毫不誇張地說，它就是漢譯倉央嘉措情歌的藍本。

三、神秘版本譯出來六十首

由于道泉先生的「藍本」而來，後來人的版本便層出不窮了。需要強調的是，後來版本中大多數是從于道泉本「重譯」而來，由此，于道泉先生所定六十二節，便順理成章地延續下來了。

這樣說來，如果有人說翻譯家、學者普遍公認倉央嘉措的詩有七十首左右，並以大多數學者譯作的數量爲證，那麼，這就是個非常偏頗的結論，因爲于道泉的分節是自定的，而「大多數」譯者是從他的版本重譯。實際上，這就像是孫悟空的猴毛變成小孫悟空，小孫悟空再多也不證明孫悟空有成千上萬，只是他的化身罷了。

那麼，有沒有不是從于道泉譯本重譯過來的漢譯本呢？

如果這個版本也是六十至七十首，而且它又與于道泉得到的藏文小冊子毫無關係，那麼，我們可以初步認定，倉央嘉措的詩歌流傳下來的大概就是這個數字。

這樣的版本有一個，就是劉希武先生譯本。

劉希武（一九〇一～一九五六年），四川人，一九三九年元旦，他赴當時的西康省教育廳任秘書，到職第四日，拜訪了著名學者、翻譯家黃靜淵先生。因爲劉希武平素好作詩文，是當時頗有名氣的詩人，所以，他們說到了藏族文學。

劉希武先生提到，「康藏開化已久，其文藝必多可觀」，並請黃先生推薦書目。黃先生便拿出一本書，對他說，「試譯之，此西藏文藝之一斑也。」

這本書就是當時另一種版本的倉央嘉措詩集，它是藏、英兩文的版本。劉希武先生帶回家後，將它翻譯爲六十首的漢文古體詩。

對於自己的翻譯，劉希武先生說，「夫余之所譯，蓋根據拉薩本，並參證時賢英譯及漢譯語體散文，其與藏文原意有無出入，余不可得而知，然余固求其逼真者矣。」

這就是說，第一，劉希武先生譯作的「藍本」，不是于道泉的「拉薩本」小冊子，而是另有一本，並且不是漢文本，從他所述來看，他不懂藏文，是依照英文翻譯而來，這說明，當時倉央嘉措詩歌已有英文版，但這英文版從何版本而來，今日已無法追溯了；第二，他在翻譯的過程中，參考了「漢譯語體散文」，此處是不是指于道泉譯本，不得而知，但從他的自序和詩歌排列順序看來，與于道泉《譯者小引》相似，多半是受到他的影響的。

從這兩點看來，我們無法推斷出這個藏英兩文版本是分節還是不分節，或者到底有多少首，而劉希武譯作出現的「六十首」，是藍本原有六十首，還是受到于道泉譯本的影響人為地分節為六十首，這些問題都無法解答。

而這個版本到底是何物，是由哪家書社出版，出版年代如何、英文為何人所譯，這個版本是否依然流行於世，就更無法考證了。

從劉希武譯本的內容看來，它與于道泉所據的「拉薩本」小冊子和「達斯本」都有不同。這個不同點有二：

第一，于道泉譯本中有六首詩，劉希武本沒有，這六首詩都是有關佛教內容的。這樣，就說不清楚劉希武所據的藏英兩文本原本沒有，還是劉希武選擇性的不譯。如果原本沒有，那麼有兩種可能，一是英文譯者認為佛教內容與「情歌」路數不符，因此早早地剔除了，其二是這六首是混入于道泉看到的「拉薩本」小冊子的。至於這六首是不是倉央嘉措原作，根本無法得知。

第二，劉希武譯本的文字內容，顯然過於「豔」，所用詞句「情欲」成分過重，與于道泉譯本的民歌風味大不相同。這有可能是英譯本的文字風格所致，但更有可能的是出於劉希武的主觀傾向，他對倉央嘉措的認識是「酣醉於文藝而視尊位如敝屣，其與南唐李煜何以異？」並認爲他的詩「其事奇、其詞麗、其意哀、其旨遠」。

因此，劉希武譯本不但文辭華麗、內容纏綿，而且少了幾首佛教詩，造成了劉希武譯本與于道泉譯本的明顯差異。

四、無法認定的倉央嘉措原筆

除了劉希武依據的這個我們不得而知的神秘譯本外，包括影響力極大的曾緘譯本等，幾乎都是依照于道泉譯本而來。于道泉先生將早期詩作漢譯本定爲六十二節，因此後來者幾乎都是按照這個體例重譯，雖有增刪，但大致數目以于道泉譯本爲準。

但是，于道泉這原始譯本的六十二節，是否就是準確數目呢？事實上連他自己也解釋不清，他在《譯者小引》中曾明確地說：「下面這六十二節歌，據西藏的朋友說是第六世達賴喇嘛倉央嘉措所作。是否是這位喇嘛教皇所作，或到底有幾節是他所作，我們現在都無從考證。」

目前學界無法確定這六十至七十首詩歌中，哪些是倉央嘉措的原筆，又有哪些一定是僞作。不過，對這些僞作的來源，學界認爲有三種可能，第一，有可能有些詩歌是倉央嘉措對當時民歌的記錄，而非原創；第二，在後世流傳過程中，有可能摻雜進一些內容相似、風格相近的民歌；第三，有些內容、詩意過於庸俗的作品，有可能是當年倉央嘉措的政敵僞造的，目的是以此證明他「不守清規」。

顯然，第一種「僞作」，辨別起來比較困難，但並非無痕跡可尋。因爲即使內容上看起來「相似」，但筆法、思想的矛盾之處，卻無論如何也難避免的，這樣的矛盾很難讓人相信它們出於一人筆下。

比如，倉央嘉措詩歌的另一個重要的漢譯學者莊晶先生，在《倉央嘉措初探》中就指出，「從抄本的文風看來，前後極不統一，大多比較粗糙，內容也混亂無章。木刻本所錄的詩歌雖然多數非常優美，但分析一下內容，也有前後矛盾，甚至水火難容之處。」

莊晶先生對比了兩首詩歌：

其一

默想上師的尊面，怎麼也沒能出現。
沒想到那情人的臉蛋兒，卻栩栩地在心上浮現。（莊晶譯本）

其二

黃邊黑心的烏雲，是產生霜雹的根本。
非僧非俗的出家人，是聖教佛法的禍根。（莊晶譯本）

莊晶先生認爲，這兩首詩歌在思想上是矛盾的，有類於「和尚罵禿驢」。另一位藏族文學的研究專家、前文提到的統計倉央嘉措詩歌數目的佟錦華先生，也認爲有個別詩作不符合倉央嘉措的身分，比如：

你是金鑄佛身，我是泥塑神像。
你我兩人不能，同住一個殿堂！

另外，民間研究者也舉出類似的例子，認爲其中有些詩作不應該是一人所寫，比如：

我的意中人兒，若是要去學佛，
我少年也不留在這裏，要到山洞中去了。

這首于道泉譯本中的作品，表達的是感情的堅貞不渝，但同一譯本中，卻還有這樣的詩作：

其一

邂逅相遇的情人，是肌膚皆香的女子，
猶如拾了一塊白光的松石，卻又隨手拋棄了。

其二

情人邂逅相遇，被當壚女子撮合。
若出了是非或債務，你須擔負他們的生活費啊！

這兩首詩顯然內容輕薄，語調放浪，與前一首表達感情之純潔、文字之簡潔的詩作相比，恐非出於一人筆下。當然，如果是一位創作思維開放、作品豐富繁多的詩人，其中有個別「遊戲之作」，也是很正常的，如李白、杜甫詩歌中也不總是同樣一副面孔，如此的風格、筆法、主旨的差異，也可以找得到，但是，倉央嘉措只有區區六七十首詩歌，就出現這樣的問題，則很難想像出於一人之手。

五、倉央嘉措詩歌翻譯的主觀傾向

造成倉央嘉措詩歌風格、筆法、主旨的不一致，除了前述所說有三種偽作情況外，更大的問題，是翻譯者對原筆詩作進行的「再加工」。

目前，于道泉先生譯本，學界基本認定是「逐字逐句」的「直譯」，它比較忠實於藏文原文，最大程度地保留了原作的風貌。那麼，從這個前提出發，後來者的譯本如若與于道泉譯本有過大的差異，則可視爲在翻譯過程中融入了個人感情或受到了非文字方面的影響。

比如，劉希武先生的譯本，我們認爲文辭過「豔」，且不說內容上與于道泉譯本的諸多差異，僅風格方面，于本民歌味道較濃，而劉本則顯然是以「情」爲先。

那麼，究竟有哪些因素造成了劉希武先生譯本與于道泉譯本的不同呢？

其一，劉希武先生的譯本藍本是藏英兩文的、我們不得而知的「神秘」版本，或許，其英文本中字句本就「情欲」成分過重，這是英文譯者造成的問題。

其二，就算英文本中字句不那麼大膽，劉希武在重譯的過程中也是「大膽發揮」，這源於他對倉央嘉措是浪子活佛的主觀認定。

其三，劉希武在翻譯的過程中，受漢文化詩歌創作理論的影響也是比較多的，主要表現在典故和修辭方法的運用上。

比如，于道泉先生譯本中的這一首詩：

雖軟玉似的身兒已抱慣，卻不能測知愛人心情的深淺。
只在地上畫幾個圖形，天上的星度卻已算準。

劉希武譯本中卻是這樣的：

> 日規置地上，可以窺日昃，纖腰雖抱慣，深心不可測。

顯然，「日規」出於劉希武先生的主觀加工。

除了內容上的添加之外，劉希武譯本最大的問題，是改變了倉央嘉措原詩的風味，比如他的譯本：

1、得意中人，長與共朝夕，何如滄海中，探得連城璧。

2、獒犬縱猙獰，投食自親近，獨彼河東獅，愈親愈忿忿。

詩中出現的「連城璧」、「河東獅」，明顯是漢文化的典故，雖用典並不晦澀，但確實已經失去了流暢、自然的民歌風味了。

實際上，這是大多數譯本共同存在的問題，即使是以于道泉譯本爲「藍本」的「重譯本」、「潤色本」，也都出現了這個問題。比如曾緘先生譯本，雖流傳極廣、評價極高、影響極大，但也融入了譯者個人對詩歌藝術的理解。

曾緘（一八九二～一九六八年），四川人，一九一七年畢業於北京大學，是黃侃先生的弟子。一九二九年，他受聘到當時的西康省臨時參議會任秘書長，聽說了倉央嘉措和他的詩歌，於是「網羅康藏文獻，求所謂情歌者，久而未獲」。

後來，他在朋友處見到了于道泉先生的譯本，認為「于譯敷以平話，余深病其不文」，也就是說，他覺得于譯本文采不足，有點像是「大白話」，於是「廣為七言，施以潤色」。

客觀地說，曾緘在古體詩詞方面上的造詣是很不錯的，除了傳世的倉央嘉措詩歌曾譯本，他還有《寸鐵堪詩稿》、《寸鐵堪詞存》等作品。他認為于道泉譯本「不文」，多半是以漢文化的詩詞美學為標準衡量的，所以，他的「施以潤色」，講求了押韻、格律、用典以及意境等等，這樣一來，也就將清新流暢的民歌風味改成了「文人詩」了。雖然曾緘譯本文采熠熠，對後世影響極大，但多少也有些「矯枉過正」之嫌。

比如，曾緘譯本的名篇：

曾慮多情損梵行，入山又恐別傾城。
世間安得雙全法，不負如來不負卿。

此詩于道泉先生譯本是這樣的：

若要隨彼女的心意，今生與佛法的緣分斷絕了；
若要往空寂的山嶺間去雲遊，就把彼女的心願違背了。

可以看出，曾緘譯本的頭兩句，實際上就是于道泉譯本全詩，古詩詞用詞簡省、意蘊豐沛的特點確實完全體現出來。可是，曾譯本後兩句，卻純粹是他個人的「發揮」，雖然它將全詩意境「提升」了很多，後人也多將這一句當作警句傳誦，殊不知，這根本不是倉央嘉措原筆原意。

這就是幾乎所有倉央嘉措漢譯本的共同問題。出現這個現象的原因大概有幾種：其一，重譯者很難如于道泉先生一樣接觸到早期的藏文本，或者對藏文並不精通，無法像于道泉那樣採用「直譯」法，加入譯者主觀意識的「意譯」便在所難免了；其二，漢譯譯者對藏族文學的特徵、風格把握不力，只好用漢文化的詩歌理論與技法進行再創作，以此產生了「文人詩」；其三，不排除個別漢譯者的有意曲筆，因對倉央嘉措生平的認識過於偏頗，先入爲主地認爲其詩也應以「情」爲先，以此產生了「情詩」。

那麼，什麼樣的倉央嘉措詩歌譯本，才是比較符合他原筆原意的呢？

其一，對藏族文學的特徵、風格以及詩歌技巧應該有所瞭解，這樣就能避免將他的詩「改造」得辭藻瑰麗、格律工整，尤其是套用典故等漢族詩歌的傾向。即使是漢文譯者很難體現藏族民族文學的風味，或者不可避免地使用一些現代詩歌的技法，也應儘量保持文字流暢、質樸。

其二，對倉央嘉措生平及命運的認識，不應再以民間傳說爲基礎，他是一位藏傳佛教格魯派的領袖，並不是民間傳說中的浪子活佛，出於「情欲」方面考慮而側重「情」的詩作，很難與其身分相符。他的詩歌理應有一定的勸世因素，至少，不應是「情歌」。

六、倉央嘉措詩歌原筆原意再認識

對於上文提到的第一個問題，也就是對藏族文學，尤其是詩歌創作的把握，譯者有必要參考一本名為《詩鏡》的著作，事實上，這本書也是倉央嘉措很小時候就學習過的，因為它是《大藏經·丹珠爾》中「聲明」部的重要組成部分，倉央嘉措對詩歌創作的愛好和實踐，很可能都源於這本書。

至於它在藏族文學方面的價值，可以說，這就是藏族詩學體系的根，是奠定藏族詩歌創作技法與風格的源頭。

《詩鏡》最早是一部古印度的梵語作品，作者為檀丁，十三世紀初期，藏族學者貢嘎堅贊將其譯介到藏地，後來經過數代藏族學者的翻譯和重新創作，最終成為藏民族自己的重要美學理論著作。這部著作大致上可以分為詩的形體、修飾和克服詩病等三個基本內容，因此，它事實上也是一本詩歌創作指南，尤其在詩歌寫作方法的修辭學方面有極大的實用功能。

藏族的《詩鏡》共有六百五十六首詩，絕大多數為七字一句，共占六百二十三首，其餘的詩中六字句一首，九字句十二首，十一字句十八首，十三字句一首，十五字句一首。全書共分三章：第一章有一百零五首，主要論述著作的重要意義、懂詩學的必要性、詩的形體、語言分類和詩的和諧、顯豁、同一、典雅、柔和、易於理解、高尚、壯麗、美好、比擬等「十德」；第二章有三百六十四首，分別講了三十五種修辭方面的概念以及它們的兩百零五個小類；第三章有一百八十七首，講述了字音修飾（包括疊字、回文和同韻等難作體）、十六種隱語修飾和詩的「十病」。

《詩鏡》的理論體系產生後，在藏族的很大一部分文人中興起了新的文學思潮和文風。在此前，藏族文學領域流行的是「道歌體」和「格言體」詩歌，在此後，受《詩鏡》的影響產生了「年阿體」（Snyan-ngag）流派，這種詩歌講究修辭、喜用詞藻，比較注重形式，通俗點來說，有點類似於漢文化的「文人詩」。

比如，宗喀巴大師有一首「年阿體」的《薩班贊》：

到達知識大海之彼岸，
為經論寶洲地之總管，
美譽遠揚傳入眾人耳，
薩班大師，受稀有頌贊。

睿智明察諸事物本性，

慈祥賜予格言宴眾生，
佳行專修佛祖所喜業，
諱稱尊名我向你致敬。

你的智慧純無垢，
學識無邊極淵厚，
如同光輝爍神路，
透照我迷惘心靈，
祖露無遺我驚奇。

極廣佛智似文殊菩薩，
極白雪山之域眾生的，
極美項珠輝照普天下，
極力消除陰霾，薩迦巴。

舉世無雙的佛王護法。
遍知一切的文殊菩薩，

精通五明的火班智達，
雪域唯一佑主，薩迦巴。
不分晝夜向你頂禮拜，
你的「相好」世代放異彩，
願睹尊身常轉聖法輪，
願聞教語不斷入耳來。

此詩的藏文原本，共六個詩段，除第三個詩段是五句、每句七音節外，其餘各段都是四句、每句九音節。

這首詩能體現出一些「年阿體」的特點，比如，詩中的「知識大海」、「經論寶洲」、「格言美宴」等，是運用了《詩鏡》中所說的「省略形象修飾」手法，把「知識」形象化為「大海」、「經論」形象化為「寶洲」、「格言」形象化為「美宴」，在它們之間各省略掉一個屬格「的」字。另外，詩的第四個詩段的四句，運用了句首一字重疊式。

這些修飾、音律等方面的手法，都是受到了《詩鏡》的影響的。

到了五世達賴喇嘛時期，「年阿體」已經發展得比較成熟。發展並完善《詩鏡》理論體系的學者中，很多一部分是佛教人士，甚至，很多《詩鏡》的注疏都是由佛學深厚的高僧完成的。

比如，五世達賴喇嘛有一本《詩鏡釋難・妙音歡歌》，其中有一首讚美妙音天女的詩，這首詩每句是九個音節，一共四句：

身在潔白水生之蕊心，
梵天女兒嫵媚奪人魂，
彈奏多弦吉祥曲悠揚，
向您致敬如意心頭春。

其中，第一句中的「水生」是「荷花」的異名，第二句中的「梵天女兒」即「妙音天女」，第三句中的「多弦」是「琵琶」。

從這首詩可以看出，此時的「年阿體」詩歌，在修辭方面比宗喀巴時期更為華麗和複雜，客觀地說，「年阿體」有了「文人詩」的意味，如果看不到這些解釋，普通人是不太容易理解五世達賴喇嘛在歌頌妙音天女的，更很難將它視為一首宗教詩歌。

這就是倉央嘉措時代詩歌的基本狀況：《詩鏡》已成為文人寫作詩歌的經典教材，詩歌在創作理論和技法方面發展很大，但「年阿體」的格律嚴格、辭藻雕琢，使得文字艱深、流於呆板，總體說來精美有餘、質樸不足，很難貼近普通讀者。

而倉央嘉措的詩歌，雖然必不可少地受到了《詩鏡》的影響，不過走的卻是另外的路子，與「年阿體」的最大不同是，他的詩歌運用一般口語，採取「諧體」的民歌形式，基本上是每首四句、每句六個音節，兩個音節一停頓，分爲三拍，即「四句六音節三頓」，這樣的詩歌節奏明快、琅琅上口，還可以用民歌曲調演唱，極富於音樂感。所以，倉央嘉措的詩歌很快爲民間流傳，而且，有個別詩歌逐漸演化爲民歌，很少有人知道是他的作品。

這樣說來，倉央嘉措詩歌的漢譯工作，實際上應該注意兩點問題：第一，需要避免「年阿體」的弊端，也就是對辭藻不可過分雕琢，修辭並非不可用，但類似用典這類手法，則恐非倉央嘉措原意，他的詩歌漢譯，還是要流暢、通俗、自然，有民間風味才好；第二，保留民間風味，並不意味著無視《詩鏡》所形成的藏族文學傳統與特點，比如于道泉譯本，曾緘認爲「不文」，當然是出於他在漢詩角度上的理解，但若用《詩鏡》傳統衡量，「不文」的批評也是公允的，于譯本確實是稍遜文采。

那麼，在後世的翻譯過程中，對詩作的創作技法、韻律節奏、形式結構等進行現代化的實踐，這是必要的；今人對古作的翻譯必然要有些現代意識，只是過猶不及，不可因過於追求現代感而忽略了詩歌傳統。

總之，兩者兼顧，漢譯詩才比較符合倉央嘉措的原意。

七、倉央嘉措詩歌原筆原意再認識之二

上文提到的漢譯本的第二個問題，就不是風格、文字、修辭方面等詩歌本身的問題了，而是由於漢譯者對倉央嘉措的認識偏頗等主觀傾向造成的曲筆。這類問題反應在劉希武先生譯本比較典型，他認爲倉央嘉措與南唐後主李煜是一路人，他的詩想當然應是「情歌」的路數，因此，劉譯本總體上顯得比較「豔」。

劉希武先生只是一個代表，事實上，曾緘譯本不但有「文人詩」傾向，也還存在著這類曲筆。

在曾緘譯本發表的同時，他還創作了一首《布達拉宮辭》和一篇《六世達賴倉央嘉措略傳》，其中說，「倉央嘉措既長，儀容瑋畏，神采秀發，賦性通脫，雖履僧王之位不事戒持，雅好狎邪，鍾情少艾，宮秘苑，時具幽歡，又易服微行，獵豔於拉薩城內。」由此，曾緘先生對倉央嘉措的詩歌是如下評價：「所言多男女之私」、「故倉央嘉措者，佛教之罪人，詞壇之功臣，衛道者之所疾首，而言情者之所歸命也」。

這就是早期倉央嘉措詩歌漢譯者對倉央嘉措的基本評價，他們認爲其有佛之名，卻無佛之實，是個不折不扣的披著僧衣的風流浪子。雖然大部分譯者都肯定其詩的文學價值，但這種「肯定」是在「佛教之罪人」的前提下產生的，如此，便很難體會到倉央嘉措詩歌中對宗教、對當時的生活環境的理解和感悟。

如果僅僅從字面上理解，倉央嘉措的詩歌中多次出現「少女」的字眼，很容易讓譯者理解爲「情詩」，也很容易讓讀者讀出「情欲」的味道來；但是，這種理解多半是拋開了倉央嘉措的真實歷史形象，事實上，如果仔細考量他的身分與所處環境，詩作卻是能讀出別的味道來的。

西藏作家、藏族文學翻譯家蕭蒂岩先生在其《倉央嘉措及其情歌研究》中以「東山詩」爲例，說明了他的解讀方法。這首詩的通行翻譯版本如下：

從那東山頂上，升起皎潔月亮。
未生娘的臉龐，浮現到了心房。

蕭蒂岩先生指出：

「未生娘」是該詩的詩眼，可作兩種解釋：一是姑娘，一是未出生的阿媽。我以爲，作者著意在於後者，暗指一個既不爭權奪利、又不爾虞我詐，真正幸福、安康，像皎潔、圓滿月亮那樣的「西天樂土」。這才符合一個剛登上西藏「政教合一」領袖寶座不久的達賴喇嘛所夢寐以求的願望，倉央嘉措對桑傑嘉措和蒙古汗王（包括達賴汗和拉藏汗）之間的權力角逐是不滿的，但沒有正面抨擊，而只含蓄地表達了理想（這種理想自釋迦牟尼以來實踐證明不可能實現）。這「未生娘」一詞，可能是他杜撰的，但用得非常巧妙，尤其與月亮相提並論，喻其有圓有缺，有明有晦，更加妙趣橫生，耐人尋味。該詩被置於卷首，富有象徵意義，理解透了，下面的就會迎刃而解。

「東山詩」在于道泉譯本中列為第一首，後世大多譯作都依于譯本順序，因此，通行本中它為首篇。蕭蒂岩先生在此認為，對首篇的理解十分重要，正確解讀「東山詩」才能「迎刃而解」地明白倉央嘉措原筆原意。

當然，蕭蒂岩先生這樣的解讀，思路是否嚴謹、所據所言是否準確，則是另外的事了，比如，沒有充分證據證明這首詩是倉央嘉措坐床後不久寫的。不過，蕭先生的這種思考角度是有價值的，它突破了二十世紀初期對倉央嘉措的認識局限，將詩作置於他的生活環境、真實身分、心理情感狀態等多重因素下考慮，是當代史學和文學應持有的公允態度。

另外，也有專家指出，倉央嘉措的詩歌實際上是在用文學的手法書寫宗教內容，有的是歌頌佛教的美好，有的是勸導世人，有的則是記錄自己的修行心得，他的詩歌從密宗角度出發，全能做出宗教上的解釋。

這樣的說法不是一點道理也沒有，比如前文所述的五世達賴喇嘛所作讚美妙音天女的詩歌，如若不考慮宗教因素，與倉央嘉措詩歌的文字風格、手法又有多少區別呢？既然五世達賴喇嘛所作是宗教詩歌，為什麼倉央嘉措的不可以這樣理解呢？

還有專家認為，《倉央嘉措情歌》原文的題目是「倉央嘉措古魯」，而並非「倉央嘉措雜魯」。在藏語裏，「雜魯」是有規範的，「雜」是名符其實的「情」；而「古魯」的含義是「道歌」。

這種說法其實還是有些疑問的，比如，「原文題目」，事實上于道泉得到的也僅僅是藏文手抄本，曾緘「網羅康藏文獻……久而未獲」，劉希武所依本更是神秘，從哪裡看到的「原文」呢？即使有這本「原文」，「古魯」的含義也確實爲「道歌」，可倉央嘉措是受到《詩鏡》影響的，《詩鏡》傳統產生了「年阿體」，形成了與「道歌」並列的詩學體系，推測起來，倉央嘉措應該受「年阿體」影響比較多，對「道歌」傳統似乎並不在行。

當然，雖然有這許多疑問，「古魯」與「雜魯」之辨，也是倉央嘉措詩歌研究中較有價值的話題。

總之，如果拋開了倉央嘉措真實的歷史身分，對他的詩歌的理解就會產生偏差，讀者會理解爲「情詩」，而翻譯者也會以「情詩」的內容、筆法、基調來遣詞成文。

在倉央嘉措研究越來越深入的今天，確實有必要以其宗教領袖的身分、從其深處政治漩渦的生活處境等處著眼，重新翻譯倉央嘉措的詩作，使其既符合詩人的自身形象，又體現詩作應有的文學價值；既還原其詩的質樸風味，又有現代詩作的新意；既糾正舊譯者造成的「情歌」誤讀，又展現出「古魯」的本來面目。

八、倉央嘉措詩歌重譯的價值

在前文所述的若干問題中，我們通過對倉央嘉措早期漢譯本的介紹、漢譯本存在的問題、譯作者在主觀認識和詩文創作方面的傾向，以及藏民族文學的美學特徵、詩學特點等多種角度，簡要介紹了倉央嘉措詩歌漢譯的狀況，而從這個基本狀況出發，我們可以看出，倉央嘉措詩歌的漢譯實際上還是有廣闊的空間的，前人譯作雖多，但難免有缺憾，這些缺憾，需要倉央嘉措研究的一步步進展來彌補，至少，在我們不再將他當作浪子活佛的今天，對他的詩作應該有重新的譯法。

這個重新的譯法，首先應該是對其詩是否為「情詩」的重新認定，這個「情」，是「情欲」之「情」，還是對宗教的讚美之「情」，抑或自己對人生、對生活有感而發之「情」？事實上，其原筆原意更多的是後兩種。那麼，在重譯之時，所用漢語辭藻固然需要有美感、有豐富意象，但卻不可「豔俗」。

當然，少數民族文學作品中經常會運用類比的手法，因此，詩文中出現的涉及女性和世俗情感的辭彙，在漢語翻譯過程中會有一定的困難，不過，如若不存主觀傾向，不以「淫辭浪調」先入為主，而像是五世達賴喇嘛詩作那般以歌頌、讚美為基調，則是必要而且可行的。

詩歌在中國文學史上歷來占有重要的位置，中國漢文化圈裏的詩論、技法非常豐沛，在世界上亦是思想文化史上獨特的體系之一。可以說，詩學傳統實際上已經成為中國人的文化基因，中國的每一步文明進程，留給後人可資回憶的，往往不是鴻篇巨制，而是幾句膾炙人口的詩歌。

上世紀八〇年代後，西方的文藝理論逐漸被國人所知，現代詩的美學理念和技法給中國漢文化圈詩歌體系帶來了一次不小的衝擊，更有無數詩人投入於中國漢語言體系的現代詩實踐中，二十多年來，詩歌流派紛至沓來，作品層出不窮，西方技法與漢語語言功能的融合，使中國詩歌發生了極大的變化。

這也是倉央嘉措詩歌需要重新漢譯的重要背景。前人所譯，以文人化傾向嚴重的古體詩和以于道泉本基礎上的「潤色本」為主體，兩者都不能完全體現目前中國詩歌新的技法、理念與文化精神。尤其是于道泉譯本中，多以四句為限，承轉之間空間過小，所以讀起來意向寥寥，無甚意味，而且，所有技法已是七八十年前的了，並不契合今人的欣賞需要。

但于道泉譯本的主要精髓——即流暢、樸實的民歌風味，還是值得尊重與借鑒的，這也是重譯的必要之處和困難之處，如何既保持倉央嘉措原筆的風味，又滿足現代詩歌閱讀欣賞水準，並將前述「情」之意完美地體現出來，本書中的新譯者做了一次比較成功的試驗。

本書中的詩作，是在譯作者深入研究倉央嘉措生平、深入學習藏民族文學特點的基礎上，對倉央嘉措詩歌的重新解讀與書寫，它糾正了前譯本對倉央嘉措的認識偏頗，還原詩作的普世關懷和藏民族對宗教的虔誠、對生活的熱情、對美的讚頌的奔放情懷，也避免了前譯的「文人詩」堆砌辭藻、講究形式、不看注釋就不懂的「年阿體」弊端，同時，從現代審美視角、現代文藝理念、現代審美需求出發，運用了現代詩歌技法，使倉央嘉措詩歌呈現出與以往完全不同的風貌，並為其詩的重譯開創了值得研究、繼續發展的廣大空間。

活佛情歌 六世達賴喇嘛倉央嘉措的情詩與真史
(原書名：活佛情史)

作　　者：馬輝、苗欣宇
發 行 人：陳曉林
出 版 所：風雲時代出版股份有限公司
地　　址：105台北市民生東路五段178號7樓之3
風雲書網：http://www.eastbooks.com.tw
官方部落格：http://eastbooks.pixnet.net/blog
信　　箱：h7560949@ms15.hinet.net
郵撥帳號：12043291
服務專線：(02)27560949
傳眞專線：(02)27653799
執行主編：朱墨菲
美術編輯：吳宗潔

法律顧問：永然法律事務所　李永然律師
　　　　　北辰著作權事務所　蕭雄淋律師
版權授權：馬輝、苗欣宇
出版日期：2014年11月

ISBN：978-986-352-102-0

總 經 銷：成信文化事業股份有限公司
地　　址：新北市新店區中正路四維巷2弄2號4樓
電　　話：(02)2219-2080

行政院新聞局局版台業字第3595號
營利事業統一編號22759935

定價：250元

◎ 如有缺頁或裝訂錯誤，請退回本社更換

國 家 圖 書 館 出 版 品 預 行 編 目 資 料

活佛情歌 / 馬輝，苗欣宇著. — 初版. —
臺北市：風雲時代，2014.08
　面；　公分
ISBN 978-986-352-102-0(平裝)

830.86　　103016836